독자에게

이 책은 집짓기에 관한 이론서도, 실용서도 아닙니다. 처음 땅을 만났던 2016년 가을부터, 집짓기 첫 삽을 뜬 2017년 봄을 거쳐 그해 12월 집이 완성되고 지금까지 살면서 느낀 집짓기에 대해 남기고 싶고, 또 나누고 싶은 이야기를 담고 있습니다. 남의 집 설계하고 짓는 건축가로 살다가, 내 집을 처음 짓는 건축주가 되어 보니 다양한 시행착오를 겪으며 많은 것을 배우고 생각하게 되었습니다. 집짓기란 본질적으로 '마음공부'라는 중요한 진실도 깨닫게 되었고요. 그런 의미에서 본격적인 이야기를 시작하기에 앞서, 내 집을 지을 때 알아두면 좋을 몇 가지 키워드를 소개해볼까 싶습니다.

• **우선순위** 성공적인 집짓기는 건축주가 선택한 우선순위에 따라 결정됩니다. 무엇이 더 중하고, 무엇이 덜 중한지, 한정된 비용과 한정된 면적 안에서 선택의 기로에 섰을 때 올바른 판단을 위한 우선순위를 미리 생각해두면 좀더 편안한 집짓기가 될 것입니다.

• **정보 검색** 땅 살 때부터 집이 완성될 때까지 인터넷에 떠도는 정보나 누구누구에게 들은 귀동냥을 정답인 양 속단하지 마세요. 어정쩡한 정보의 습득은 아예 모르는 것보다 종종 상황을 더 안 좋게 만들기도 합니다.

• **땅** 사고 싶은 땅과 살 수 있는 땅, 사야 할 것 같은 땅이 있습니다. 전체 예산에 비해 너무 비싼 땅을 사게 되면 정작 집짓기가 고단해질 수 있죠. 절제와 균형, 현실감을 유지하면서 비슷한 조건의 땅 여러 개 중 하나를 골라야 할 때에는 일단 이웃이 어떤 분들인지 알아보세요. 의외로 간단히 결론이 날 수 있습니다.

• **건축가와 시공자** 어떤 사람에게 설계와 시공을 맡겨야 할지 고민이 된다면, 그들이 설계하고 시공한 집을 직접 보러가세요. 가능하다면 그 집의 주인을 만나서 이야기해보는 것도 좋겠습니다. 물론 집주인이 어떤 사람인지에 따라 조언의 신뢰도가 달라질 순 있겠지만.

• **업자** 도면도 없고 설계도 안 했는데, 공사 계약부터 말하는 사람, 시공 맡기면 설계는 공짜라는 사람을 조심하세요. 당신을 돈으로 보는 사람, 그들은 '업자'입니다.

• **훈수** 원래 훈수는 남에게 두는 것이고 본질적으로 책임질 필요는 없는 것이죠. 그래서 아무 말이나 할 수 있습니다. 집을 짓다 늙지 않으려면 이런저런 훈수나 평가를 적당히 걸러서 듣는 단단한 귀가 필요해요.

• **입주** 집짓기 중에 집은 총 세 번 변합니다. 설계할 때와 집 지을 때, 그리고 입주한 이후. 완벽한 집은 세상에 없습니다. 살고 있는 집주인이 집을 정성껏 돌볼수록 집의 분위기는 더 깊어지고 예뻐집니다. 집은 그 집에 사는 사람들의 정성을 먹고삽니다.

책장을 덮고 난 뒤, 한 사람의 집짓기 과정을 통해 집과 가족, 삶에 관해 다시금 생각해볼 수 있으면 좋겠습니다. 자, 그럼 시작해보겠습니다.

집의
귓속말

처음 내 집을 지으며
생각한 것들

최준석 지음

어크로스

집 안팎의 이야기

아내는 종종 말한다. "우리 집은 실험 대상이었어."

내 집 지으며 겪은 시행착오는 이후 의뢰받은 남의 집 설계에 잘 활용하고 있다. 그런 내게 아내가 던지는 핀잔 같은 칭찬이다. 빠듯한 예산에 집을 짓느라 같이 애쓴 아내에게 미안해서 그때마다 나는 별 대꾸를 못 하고 있다. 아마 앞으로도 영영 그럴 것 같다.

내 집을 처음 지으며 알게 되었다. 집짓기라는 게 시작과 끝이 있는 하나의 사건이 아니라는 것을……. 매일 똑같이 흘러가는, 뻔하고 평범한 시간 위에 집을 짓기 위한 생소한 풍경들이 어느 날부터 하나씩 덧붙여졌다. 그렇게 한 조각, 한 조각의 풍경들이 이어지면서 집의 형태가 드러났다. 문득 그 풍경을 들여다보니 나와 내 가족의 삶이 그곳에 있었다. 누군가에게는 옆 동네 불구경처럼 시큰둥하게 보이거나 혹은 무턱대고 마냥 부러워할 만한 재밋거리였을지도 모르겠다. 하지만 그 집에 둥지를 트게 된 당사자들에게 집짓기란 인생의 전환점이자 작은 혁명이었다. 지나고 보니 그런 거였다. 집 짓기는.

땅을 사기 전, 그러니까 인생을 살면서 내 집 한번 지어봐야지 마음먹었던 그때부터가 시작이었다. 마음에 드는 땅을 만나고 그 땅을 살까 말까 고민하고 갈대처럼 흔들리다가 결국에는 땅을 사고, 어떤 집을 지을지 공상하고, 가족들의 생각을 경청하고 기록하고, 설계를 하고, 허가를 받고, 집을 짓고, 집이 완성되고, 그 집에서 살게 되는…… 그렇게 사 년이 흘렀다.

이 책은 처음 땅을 만난 그때부터 집을 짓고 살며 남겨진 날것 그대로의 단상과 이해, 공감의 기록을 모은 것이다. 땅을 떠올리고 집을 생각하다보면 자연스레 사람, 가족, 삶에 대한 생각으로 이어졌다. 집짓기의 진실은 겉으로는 제대로 알기 어려웠다. 오히려 현장의 시간을 겪으며 느낀 기대와 후회의 잔재가 진실에 훨씬 가까웠다. 그 진실을 책을 통해 솔직히 남겨두고 싶었다.

집짓기의 실용적 정보가 필요한 분들에게는 더 적합한 다른 책이나 인터넷 검색을 추천하는 편이 나을 것이다. 하지만 집 짓는 사람의 마음이 궁금한 분들이라면 흥미롭게 읽을 만한 책이 아닐까 싶다. 더욱이 사람, 가족, 삶에 대해 근본적인 호기심이 있는 분들에게는 집짓기에 별 관심 없더라도 공감할 수 있는 지점이 여럿 있을 것이라 믿고 있다.

거친 원고를 다듬어 한 권의 책으로 만들어준 김소영 님, 이현정 님께 감사를 드린다. 좋은 건축주를 만나는 게 건축가의 큰 복이듯, 좋은 편집자와 디자이너를 만나는 것이 저자에게는 큰 복이라는 걸 이번에도 느꼈다.

이제 세번째 여름을 맞는다. 그동안 집의 어떤 부분은 변했고 어떤 부분은 별로 변하지 않았다. 어쩌면 집은 늘 그대로인데 집을 바라보는 사람이 변하는 것인지도 모르겠다. 돌이켜보면 언제나 흔들리고 변하는 건 사람의 마음이었고, 변덕스러운 그 마음을 제자리에 앉혀 다독거려주는 건 집이었다. 집과 우리는 그렇게 살아가고 있던 것이다. 같은 방향을 바라보며, 서로에게 귓속말을 나누며 말이다.

2020년의 여름날, 미생의 집에서 최준석

차례

함께 사는 집에 대하여

살아봐야 알겠지만

함께 사는 집에 대하여

그날부터

그날, 누군가 내게 이런 말을 했다. 너는 왜 다른 사람 이야기만 하고 너의 이야기는 잘 안 하느냐고. 농담으로 넘기며 의연한 척했지만 속으로는 보이고 싶지 않은 약점을 들킨 듯 깜짝 놀랐다. 그때까지 나는 내 이야기만 하는 자기중심적인 사람이라 생각하며 살아왔었다. 그런데 착각이었다.

누군가의 눈에 나는 내 이야기를 거의 하지 않는 사람이었다. 그 덕분에 깨달았다. 내가 이 '누군가'를 별로 좋아하지 않는다는 사실을. 그리고 좋아하지 않는 사람에겐 속 이야기를 거의 하지 않는 사람이라는 것을.

좋아하는 사람, 물건, 장소, 취향이 뭔지 처음부터 다시 생각해봤다. 그리고 내 생활에서 중요한 것들을 순위 매겨 재배치해봤다. 그랬더니 실은 별로 좋아하지도 않으면서 내 삶의 중심에서 자리한 채 피로감만 주는 것들이 보이기 시작했다. 하나씩 무심하게 그것들을 지워나갔다.

아마, 그날부터였을 거다. 내 인생이 어떤 형태인지, 어떤 방향으로,

어디쯤 흘러가고 있는지, 무엇을 원하는지 조금씩 뚜렷하게 보이기 시작한 날이.

아마, 그날부터였을 거다. 더 늦기 전에 내 집을 지어야겠다고 마음먹었던 날이.

숨 쉬 는 땅

괜찮은 땅 하나를 발견했다. 부모님과 두 딸, 나와 아내까지 여섯 식구가
다 같이 그 땅을 보러 갔다. 스무 필지가 쪼개져 있는 작은 주택 단지였
다. 몇 주 동안 고민해서 고른 땅을 보여주었을 때 식구들 표정은 썩 좋
지 않았다. 아파트 밀집 지역에서 살짝 벗어난 조용한 동네로, 남측과
서측에는 그린벨트로 묶인 숲이 있고 지하철역도 걸어서 10분 남짓이면
갈 수 있는 곳이었다. 확 트인 전망과 넓은 마당은 힘들어도 인적이 드물
지도 않고 편의시설도 가까운 데다가 작은 텃밭 정도는 만들 수 있는, 그
럼에도 비싸지 않은 땅. 이 정도면 우리 형편에는 꽤 좋은 조건의 땅이라
고 생각했다.

　땅의 서측에는 꽤 빽빽한 숲이 바로 붙어 있었고(나는 여름의 서향과
겨울의 차가운 북서풍을 막아줄 수 있다고 생각했다), 남북으로 이웃 땅과
바로 접해 있었으며(이 또한 '도심과 가까운 단독주택지가 다 그렇지 뭐'라고
대수롭지 않게 여겼다), 동측으로는 좁은 도로 건너 이웃 땅이 있어 사실
상 사방이 이웃집과 높은 숲으로 막혀 있었다.

어차피 전원주택은 아니고 도심 속 단독주택을 위한 것이므로, 서측은 숲으로, 동측은 집을 돌려세우면 이웃의 시선을 차단할 수 있으리라고 판단했다. 하지만 가족들 생각은 달랐다. 단독주택에 살면서 이웃과 벽을 쌓는다는 것도 이상하고, 창을 내기 쉽지 않은 것도 문제일 뿐더러 빛을 받기 어려운 무성한 숲도 마음에 들지 않는다고 했다. 서측에 숲이 있으니 이웃 시선 상관없이 큰 창으로 숲을 바라보자는 내 생각은, 나무들이 너무 크고 빽빽해서 음산한 기분이 들 거라는 열 살짜리 딸아이의 반론에 힘을 잃었다.

"그건 아빠 생각일 뿐이지. 반신욕 하며 숲을 보는 낭만은 좋은데 밤에 숲이 너무 무서울 거 같아. 그러니까 내 방은 반대쪽으로 창을 내줘."

나를 뺀 다섯 식구는 다음날 다시 땅을 보러 갔고 논의를 거듭했다. 그리고 같은 단지 안에서 땅 하나를 새로 골라왔다. 단지 입구 자리의 터로 작은 개울이 감싸고 돌아나가는 모서리에 놓인 작은 땅이었다. 주변 도로와 가깝고 편의점도 보이고 길 건너편 건물 1층의 커피숍과 공방도 보이는 곳이었다. 도로 앞 모서리 부분이라 소란스럽고 대지 모양도 일정하지 않아 애초에 배제한 땅이었는데 아니 하필이면 왜 이곳을 골랐을까.

가족들의 이유는 나름 확고하고 분명했다. 풍수적으로 혈이 모이는 열린 땅(아, 그렇지. 풍수!)이라는 아버지의 의견, 스무 개 땅 중에 가장 밝은 터(그 밝음을 어떻게 알 수 있는지는 잘 모르겠지만)라는 어머니의 의견, 숲 옆에 붙은 음산함보다는 사람 냄새나는 편이 좋다(아내가 전원주택을 싫어했던 이유)는 아내의 의견, 이 땅에 집을 지으면 안 무서울 것 같다(에이. 귀신은 없다니까)는 딸의 의견.

어떤 땅을 만나야 우리 가족이
뿌리내릴 수 있을까?

식구들 의견을 듣고 다시 고민해봤다. 그리고 내가 고른 땅보다 볕을 더 많이 받을 수 있는 위치면서, 기분 좋은 창을 여러 곳 낼 수 있는 양지바른 터라는 사실을 받아들였다. 더 환하고 더 열려 있는, 동쪽으로는 하늘과 거리가 함께 보이는 조망을 만들 수 있는 땅. 주변과 격리되지 않으면서 사생활도 보호할 수 있고, 이웃과 적당히 지지고 볶으면서 살아갈 수 있는 땅이었던 셈이다.

갑갑한 아파트 생활을 벗어나고자 짓는 단독주택인데도 외부로 노출되는 창을 내기 싫어, 식구끼리만 사용하는 숨은 마당을 만들고, 안쪽으로만 창을 내거나 아니면 밖으로 아주 작은 창만 내는 경우를 자주본다. 은신처로서의 역할에 충실한 집, 이웃의 불편한 시선을 완벽히 차단할 수 있는 집. 아파트의 편리한 삶에 익숙한 사람들이 원하는 단독주택은 점점 더 폐쇄적인 경향으로 흐를지 모르겠다. 하지만 타인의 존재가 부담스러운 시대에 내가 단독주택을 짓고자 마음먹은 이유는, 아파트라는 공간이 규정하는 삭막함과 시선의 강박에서 벗어나 조금이라도 열린 마음으로 살아가고자 하는 바람에서 출발한 것이었다.

아파트에 살아도 불안하고 단독주택에 살아도 불안해서 창문 하나 쉽게 열지 못하는 현실을 지켜보면 쓸쓸해진다. 아파트를 벗어나자면서도 이웃과 완벽히 단절된 집을 위해 알고 있는 설계의 기술을 총동원해 궁리하던 내 모습을 떠올리니 헛웃음이 났다.

식구들이 골라준 새로운 땅 위에 서서 눈을 감았다. 땅의 숨소리가 들리는 것 같다. 동쪽 하늘이 보이는 가로로 긴 창을 생각하면서 식탁 놓을 자리를 상상해본다.

아파트 유목민

살고 있는 집에 대해 진지한 관심이 필요했다. 집이 싼지 비싼지 큰지 작은지 같은 관심 말고 집 자체를 우리와 같이 사는 또다른 식구처럼 여기는 그런 관심. 집을 식구처럼 여기며 살아간다면 내 가족의 삶도 지금과는 조금 다르게 전개되지 않을까 생각했다.

살면서 이 아파트에서 저 아파트로 숱하게 이사를 했다. 이삿짐이 모두 옮겨진 후 둘러본 텅 빈 옛집들이 기억난다. 하지만 그 공간들은 20평에서 30평으로, 40평에서 50평으로, 크기만 다를 뿐 희한하게도 기억 속에선 그 집이 그 집이었다. 기억 속 빈 아파트들은 트럭에 실린 이삿짐과 함께 살았던 시간도 단숨에 지워버렸다.

기억 속에 남은 공간들은 그 집이 어떤 집이었는지, 그 기억이 만들어진 집이 내가 아는 집이 맞는지, 초등학교 3학년 때 이사한 집인지, 중학교 2학년 때 살던 집인지, 아니면 외환위기 때 도망치듯 나가야 했던 그 집인지 구분이 되질 않는다.

이 집이 끝나면 다음 집이 시작되고, 그 집이 끝나면 또다른 집이 시작되는 삶. 엇비슷한 공간에서 반복적으로 살았던 탓이다. 내 집은 있되 내 땅이 없는 수십 년의 삶은, 정착이라는 고유의 감각 자체를 무디게 만들었다. 유목민으로 살아온 것이다. 기억 속의 집은 여럿인데 각각의 장면은 아파트라는 큰 바구니에 섞여서 서로 구분되지 않는다.

가 장 어 려 운 질 문

주말에도 출근하고 일이 바쁠 때나 바쁘지 않을 때나 늘 출근하는 사람. 대학을 졸업하고 바로 입사해 삼십 년간 열심히 직장생활을 하며 동기들과의 경쟁에서 항상 앞섰고 능력을 인정받아 승진도 빨랐던 사람. 대기업 임원인 그는 사회적 기준으로는 성공한 인생일지 모른다. 그런데 막상 회사 말고는 마음 붙일 곳이 없다는 게 고민이라니, 성공이란 무엇인지 처음으로 생각해본다.

성공한 사람들이 열심히 사회생활에 투신한 끝에 정작 자신의 가족에게는 환영받지 못하는 존재가 되어버린 흔한 이야기. 밖에서는 성공한 인생이지만 가족에게는 남 같은 식구. 가족에게 환영받지 못하는 사람들이 높은 자리에 앉아 조직의 행복을 위해 몸을 던지겠다는 이야기는, 뭔가 허망한 코미디처럼 여겨진다.

권위와 돈으로 쌓아올린 높고 큰 공간에서 정작 기쁘게 해줘야 할 사람들의 말과 생각은 무시하고 자신만을 위한 삶을 살아온 이들의 뒷모습을 자주 보게 되는 시대다. 그 뒷모습을 보며 내 가족에게 고마운 사람으로 살아간다는 게 얼마나 어려운 일이고 다행인지 깨닫게 된다.

일상 곳곳에서 요구되는 최소한의 이타적 희생과 인내도, 실은 모두 당신들의 존재로부터 출발한다는 진실 하나를 배우게 된다. 골치 아픈 삶의 질문들에 답을 제대로 찾지 못하고 헤매고 있을 때 가족은 그 존재만으로 답이라는 진실.

가족이란, 함께해온 '시간'의 다른 이름이다. 가족이라 부르는 사람들과 지금껏 어떤 시간을 만들어왔는지 헤아려본다. 설계의 출발점이 되는 시간이다. 언제나 가장 어려운 질문은 '가족'이다.

첫 경험

두 개의 대지를 놓고 4개월을 고심하던 끝에 마침내 계약을 했다. 드디어, 시작이다. 지난 4개월을 돌이켜보면 '중이 제 머리 못 깎는다'는 농담 같은 속담의 무게를 제대로 느낀 시간이었다. 마찬가지로 건축주들에게 '내 집처럼 설계해드릴게요'라고 속 편하게 이야기했던 것 또한 상투적인 말장난이라는 걸 깨달았다.

건축가로서 의뢰인이 맡긴 집을 내 집처럼 설계한다고 여겼지만 직접 내 집을 설계해보지 않고서는 그 느낌과 상황을 제대로 알 도리가 없음을 알게 되었다. 내 집이기 때문에 어쩔 수 없이 고민하게 되는 문제들, 정말 어느 것 하나 간단히 선택할 수 있는 게 없었다. 세부적으로 따져볼 수밖에 없고 약간의 비용 차이에도 예민해졌다.

땅을 매입하기 전 이미 설계 대안 여럿을 검토했다. 보통 큰 사이즈의 모형은 도면과 계획을 어느 정도 정리하고 만들었는데 이번에는 달랐다. 토지를 매입하기 전부터 세세하게 확인해야 할 것들이 많았다. 아마 통상적인 설계 업무였다면 여러 개의 대안 중 한두 개는 실시설계로 넘어

가서 지어졌을 것이다.

말하자면 프로젝트 한두 개에 투입될 시간과 비용을 토지를 매입하기도 전에 들인 셈인데, 그렇게 생각하면 일반적으로 통용되는 설계 비용과 작업 시간이라는 것은 참으로 가당치 않은 것임을 다시 한번 느꼈다. 내 집처럼 설계해주겠다는 순수한 건축가라도 받은 비용과 그에 맞는 시간보다 자발적으로 몇 배의 노력을 한다는 건 어려운 일일 테니까 말이다. 바뀐 입장에서 고민하다보니 집 지으려는 건축주들의 불안이 어떤 것인지도 어렴풋이나마 이해할 수 있었다.

땅에 감춰진 수맥과 과거 지형이 궁금해서 국토지리원에 1970년대 지도를 요청해 확인한 것은 건축주의 입장, 다시 말해서 내 집을 짓는 상황이 아니었다면 생각도 안 해봤을 일이다. 시간 날 때마다 들러 낮과 밤의 일조량을 수시로 확인하고 해가 뜰 때나 질 때, 그리고 비 올 때의 집터를 확인하는 일도 만약 남의 집이었다면 한두 차례 답사하는 정도로 끝났을 일이었다. 집 앞에 위치한 시립어린이집 소음도와 교통량을 체크하면서 앞으로 주변에 들어설 집들을 나름대로 상상해보는 일도 내 집을 짓는 일이다보니 즐겁게 할 수 있었다.

집 안에서의 창 구성이 태양빛을 어떻게 조절할지도 궁금해서 창이 뚫린 모형을 현장에 가져가 시시각각 변화하는 그림자를 확인해보기까지 했다. 심지어 싸구려 수맥 탐지기를 사서 집 주변의 기(?)를 체크해보겠다고 새벽녘에 토지 주변을 어슬렁거리기도 했는데, 그때마다 맞은편 다가구주택 4층 창문에서 밖을 내다보던 이웃 할아버지가 '거참, 이상한 놈 다 보겠다'는 표정으로 나를 바라봤다.

그중 백미는 용하다는 지관地官, 소위 역술가를 만나 의견을 들어본 것이다. 나름 풍수지리 개요서의 첫 장 정도는 이해하고 있었지만 전문가 이야기를 듣고 싶었다. 지번과 지형도, 사진을 보여주니 괜찮은 양택지라는 답변이 돌아왔다. 진실인지 거짓인지 알 길 없는 말이겠지만 듣고 나니 남아 있던 일말의 불안이 사라졌다.

땅을 사는 모든 사람이 이런 시트콤 같은 과정을 거쳐 땅을 사지는 않겠지만, 고만고만한 형편에서 집을 지으려는 마음은 거의 비슷하지 않을까. 지금까지 살아온 삶의 모든 자산과 노력, 관심이 총동원 되어야 하는 일, 우리 가족이 함께했던 그간의 역사가 집 하나를 통해 각자의 인생에 전환점이 될 수도 있는 일이니까 말이다.

땅 계약서에 도장을 찍는 순간은 짧지도 길지도 않은 십수 년간, 건축 설계를 업으로 해온 나에게도 그동안 겪어보지 못한 특별하고 미묘한 감정을 불러일으켰다. 돈이 남아돌아 집을 짓는 게 아니어서 걱정은 필연적으로 안고 가야 했지만 일 년 후, 새롭게 펼쳐질 우리 가족의 삶을 생각하니 가슴이 뛰었다.

어떤 집이어야 할지 백지 상태에서 다시 시작해본다. 부모님, 아내, 두 아이가 꿈꾸는 집에 대한 퍼즐을 하나씩 맞춰봐야 할 일이다. 건축주이자 건축가로서 집을 짓는 첫 경험이, 드디어 시작되었다.

보통의 집

어떤 집이어야 할까. 내 주변에 친한 건축가들은 평소에 하고 싶었던 거 마음대로 해보라고 한다. 한데 그 '마음대로'라는 게 어디 말처럼 쉬운 가. 혼자 사는 집도 아니고 가족과 함께 살 집인데 나 혼자 좋아봤자 무 슨 의미가 있을까.

아내와 긴 시간 동안 이야기를 나누면서 집의 기준이 되어야 할 첫째 키워드 하나를 정했다. 바로 '아이들'이다. 아이들에게 집은 즐거운 놀이 터이자 든든한 은신처가 되어야 한다는 게 우리의 생각이었다. 누구보 다 아이들이 새집에 대해 예민하게 반응할 테니 말이다.

남양주 씨앗마을 '은후네 집'을 설계할 때의 일이다. 은후 아빠와 엄 마는 만날 때마다 아이들 이야기를 했다. 아이에게, 아이를 위해, 아이 입장에서……. 그때 난 저렇게까지 아이들 위주의 집을 짓겠다고 생각 할 필요가 있을까 싶었다. 그때까지만 해도 집은 어른을 위한 실용적 틀 이요, 아이를 위해서는 약간의 여지만 고려하면 된다고 생각했다.

은후 아빠가 주방 위 중간 다락에서 식탁 앞으로 내려오는 미끄럼틀을 요청했던 기억이 난다. 현장 상황상, 집에 미끄럼틀을 설치하는 일은 쉽지 않았다. 하지만 어떻게든 방법을 찾아달라고 은후 아빠가 말했다. 그때 나는 미온적인 태도로 대답했다.

"미끄럼틀 없어도 충분히 재밌는 구석이 많은 집인데 안 하시는 게 어떨까요."

내 부정적인 반응에 은후 아빠는 이렇게 말했다.

"아이들에게 약속했거든요."

내가 어렵게 미끄럼틀 설치 묘안을 찾아 제시했을 때 부부가 아이처럼 함박웃음지으며 기뻐하던 모습이 지금도 생생하다. 우리 집 역시, 두 아이가 어른이 되어서도 좋은 추억을 남길 수 있는 집이 되면 좋겠는데 잘되고 있는지는 모르겠다. 어른의 눈으로 바라보는 공간과 아이가 느끼는 공간은 확연히 다를 테니까.

특히 막내 선우는 보통 아이들보다 조금 '느린' 아이이고 감각은 무척 예민하며, 장소에 대한 호불호가 확실하다. 천장이 너무 높거나 소음이 심하거나, 아주 어둡거나 지나치게 밝은 공간은 몸으로 거부한다. 대신 아담한 공간과 부드러운 색감을 좋아하고 벽에 비친 볕과 그림자를 좋아하며 창밖 내다보기를 좋아한다. 미끄럼틀보다 계단을 좋아하는 선우에게 집의 계단이 조금 어려운 놀잇감처럼 느껴지면 좋겠다.

반면 곧 사춘기를 맞을 큰딸 서연이에게는 집이 어른으로 성장해가는 든든한 인큐베이터가 되면 좋을 것이다. 서연이에게 "넌 집이 어땠으면 좋겠어?" 하고 물어보면 "아빠 좋을 대로 해, 난 상관없어"라고 말한다. 그래서 "같이 살 집이니까 네 의견도 중요하거든" 하고 되물으면, "그래? 그럼 선우가 좋은 집으로 해, 난 괜찮으니까" 하고 답한다.

"보통의 집은 어떤 집인데?"

"음…… 계절과 날씨를 담을 수 있는 집,

저녁에는 멋진 노을을 보고 밤에는 별과 달을 볼 수 있는 집."

코흘리개 시절부터 '느린' 동생에게 양보하는 일이 몸에 밴 서연이는 내 생각보다 빨리 어른이 되어간다. 자기 자신도 집에 대한 꿈과 생각이 많겠지만 늘 본인보다 선우가 우선이 되어야 한다고 배려한다. 그런 이유로 나는, 우리 집이 선우만큼 서연이에게도 특별한 공간이면 좋겠다.

별말씀 안 하시며 너희들 원하는 대로 지으라 하시는 부모님은, 작은 정원 하나 있으면 좋겠다는 아버지와 부엌일 하시며 작은 테라스라도 밖을 내다보면 좋겠다는 어머니의 바람을 잘 알고 있기에 그 부분에 대해 신경을 많이 쓰고 있다.

나는 집짓기의 주관자로서 개인적인 욕심을 버리기로 했다. 무엇이든 가족이 원하는 소망과 바람들이 버무려진 결과물이 우리 집이라면 행복할 것이다.

아내는 밴드 '언니네 이발관'의 리더였던 작가 이석원의 에세이를 빗대어 '보통의 집'을 만들어보라고 농담을 던졌다. 내가 물었다.

"보통의 집은 어떤 집인데?"

"음…… 그냥 따뜻하고 시원하고 튼튼하고 안전하고 밝은 집, 무섭지 않은 집, 밖에서 봤을 땐 누구라도 괜찮은 집이구나 느낄 만한 집. 으스대거나 폼 잡는 허세가 없는 집, 집 안이 집 바깥보다 더 기분 좋은 집, 계절과 날씨를 담을 수 있는 집, 저녁에는 멋진 노을을 보고 밤에는 별과 달을 볼 수 있는 집, 비 안 새는 집, 아이들이 자라면서 자신의 속도로 천천히 일상의 즐거움을 배울 수 있는 집."

"……"

"……"

"너무 어려운 집이네."

살고 싶은 삶

한 남자와 그의 땅을 함께 둘러보며 여러 이야기를 나눴다. 그는 무턱대고 건물 하나 짓기보다 조금 오래, 의미 있는 공간으로 남을 집을 만들고 싶어 했다.

　부모님, 가족, 추억, 은퇴, 인생 2막, 공유경제, 돈, 친구, 남겨야 할 것과 버려야 할 것 이런저런 삶의 이야기를 그와 나눴다.

　오늘의 결론은 일단 건축부터 생각하지는 말자는 것. 살고 싶은 삶이 뭔지 말할 수 있게 되면 어떤 건축이어야 하는지도 자연스레 알게 될 터이니.

평상복 같은 집

작곡가 이고르 스트라빈스키는 말했다.

"음악은 우리에게 '그냥 듣는 것'과 '주의 깊게 듣는 것'을 구분하도록 한다."

그냥 듣는 것은 무엇이고, 주의 깊게 듣는 것은 무엇일까. 음악을 이렇게 세심히 구분해서 들어야 심오한 의미가 생기는 건지 알 수 없다. 하지만 가끔 어떤 집에 들어가는 순간 우리에게 '그냥 사는 것'과 '주의 깊게 사는 것'에 대해 생각하게 만드는 공간이 실제로 존재하는 걸 보면, 생각이나 감정을 불러일으키고 주변 환경에 관심 어린 촉수를 세우게 한다는 점에서 건축도 음악과 같은 예술이라 말할 수 있다.

그냥 산다고 특별히 문제가 될 것은 없다. 옳고 그름의 문제도 아니다. 하지만 이왕이면 흘려듣는 음악처럼 별생각 없이 흘러가는 삶보다는 한 곡 한 곡 관심을 기울여 음미하듯 사는 삶이 조금 더 충만하지 않을까. 그냥 사는 것과 주의 깊게 사는 것을 생각해보게 하는 집. 아마도 그런 집이 좋은 집일 것이다.

집짓기 덕분에 지금껏 살면서 한번도 생각해보지 않았던 것들에 대해 우리 가족은 고민하고 서로 의견을 나누고 있다. 함께 생각하고 대화한다고 또렷한 답이 나오는 건 아니지만 우리가 무엇을 원하는지 알기 위해 서로 물어보고 듣고 말하며 생각을 좁혀가는 시간은 의미가 있다.

어머니는 집을 옷에 비유해 말씀하셨는데, '파티 드레스'처럼 요란한 집보단 평소에 집에서 입는 옷 같은 편안한 곳이면 좋겠다고 하셨다. 이를테면 '평상복 같은 집'이다. 일본 건축가 나카무라 요시후미의 책에 '평상복 같은 주택'이라는 표현이 나오는데 그 부분을 읽다가 고개를 끄덕였던 기억이 있다. 여기서 평상복이란 특색 없는 옷이 아니라, 그 사람의 일상과 현재를 드러내는 꾸밈없고 솔직한 옷이다. 비싸고 보기 좋아도 어울리지도 않고 편치 않은 옷은 평상복이 될 수 없다.

기능은 최대한 편리하게, 공간은 가급적 상호 보완적이며 낭비가 없도록, 외부는 실내와 연장된 공간 개념으로 편하게 사용할 수 있어야 한다. 수납은 많을수록 좋다. 벽은 필요한 만큼만 만들어 복잡한 복도나 어두운 공간이 없도록 한다. 벽량이 적으면 공사비 절감에도 도움이 될 것이다.

밖에서 바라본 집의 형태는 땅과 서로 어울려야 하며, 가능하다면 단순하고 간결한 편이 좋겠다. 집의 기능과 공간의 분위기와 분리되어 별도로 혼자 튀는 외관은 장기적으로 볼 때 집의 품격을 떨어뜨린다. 집 하나에는 그곳에 사는 사람들의 정체성이 들어 있고 그것은 어쩔 수 없이 집 구성원 각각의 생각과 경험, 꿈 그리고 가치관이 종합된 결과다. 집은 그곳에 사는 사람들이 어떤 사람인지를 드러내준다.

의도적인 공간을 만들어 삶을 맞추는 것이 아니라, 가족이 좋아하는 요소로 '우리'다운 게 뭔지 찾아가는 과정이 단독주택 설계가 아닐까.
모든 방은 꼭 남향이어야 하는지, 마당은 남동향이 좋을지 아니면 남서
향이 나을지, 거실과 식당은 구분되어야 할지 아니면 합쳐져야 할지. 욕
조에 앉아 타인의 시선을 신경쓰지 않고 작은 나무 한 그루 보고 싶은
소박한 희망도, 일요일 아침 지붕 천창으로 쏟아지는 햇볕 가득한 다락
을 갖고 싶다는 바람도, 결국엔 '우리'다운 게 무엇인지에 관한 탐구다.

마당

땅값이 비싼 도심 지역에 위치한 단독주택에서 '마당'이란 건폐율_{대지 면}적에 대한 건물의 바닥 면적의 비율을 넘지 않는 범위에서 집 전체를 대지 경계선에 바짝 붙여, 외부의 꼴은 최대한 크고 반듯하게 취하고 남는 땅을 마당으로 활용하여 최대한 넓게 확보하는 모양새가 일반적이다. 반대로 여러 개로 나뉜 마당이라면 각각의 마당이 별도로 쓰임을 갖는 편이 좋다는 것이 내 생각인데 가족들의 의견은 이번에도 나와 달랐다.

협소한 땅에서 내부 공간과 따로 놀지 않는 숨어 있는 빈 공간을 찾는 것은 고만고만한 단독주택 설계에서 언제나 중요한 이슈다. 물론 늘 쉽지 않다. 기분 좋은 위요감_{圍繞感, 벽이나 나무로 둘러싸여 생기는 아늑한 느낌}을 줄 수 있는 폭과 높이의 비례를 찾아야 하고, 커다란 마당 하나가 좋은지 여러 개의 쪼개진 마당이 좋은지 선택해야 하고, 크게 하나로 쓸 때 주변 시선은 어떻게 조절해야 하는지, 마당을 덜렁 만들어놓고 옆집 눈치가 보여 방치된다면 이를 과연 마당이라 할 수 있을지, 마당을 가로질러 현관으로 들어가는 게 맞는지 아니면 마당과 상관없이 집에 들어오고 거실을 통해서만 드나드는 마당이 좋은 건지도 따져봐야 한다. 주방 옆, 침실 옆, 욕실 앞에 독립적인 별도의 작은 마당을 두면 일상에 어떤 영향을 주는지도 궁금하다.

　우리는 현관과 작은 마당을 곧바로 연결하지 않고 대신에 현관 밖에서 마당으로 갈 수 있는 좁은 길을 만들기로 결정했다. 또 작은 마당은 거실과 큰 창으로 연결되고 집 어디서든 잘 보이는 위치에 두기로 했다.

　마당 하나를 고민하더라도 그에 따라 각자 다른 집의 대안이 여럿 나온다. '바깥'을 어떻게 설정하느냐에 따라 집도 변하고 삶도 변한다.

감각

집을 구상하면서 가장 많이 고민했던 주제는 '감각'이다. 감각에서 유발되는 소소한 감정들이 쌓여가며 집의 '기억'으로 자연스럽게 이어진다고 생각했다. 우리 집에는 어린아이가 둘 있고 노인이 둘 있는데 아이는 아이의 감각이, 노인은 노인의 감각이 있다. 세대와 상관없이 모두에게 보편적인 감각이 무엇인지 나름 생각하고 정리한 것을 설계를 통해 반영시키려 했지만 여전히 부족하고 확신이 서진 않는다.

감각의 측면에서 우리와 조금 다른 막내 선우를 생각하면서 고민은 더 복잡해졌다. 선우가 불편을 느끼지 않으면서 남은 식구에게도 좋은 영향을 줄 수 있는 집, 특히 집에서의 일상을 통해 불안정한 감각의 치유가 가능한 공간에 대해 고민했다. 감각은 눈에 보이지 않는다. 하지만 집의 윤곽이 드러나고 공간의 형상이 보이기 시작하면 우리가 집을 통해 느끼게 되는 감각은 구체적인 물질로 드러나게 된다. 대략 세 가지 방향이 있었다.

첫째, 재료의 질감, 색, 빛, 공간 크기의 변화를 통해 다양한 감각을
체험할 수 있는 집.

둘째, 마음이 쉽게 소란스러워지거나 불편해지지 않는 집.

셋째, 집 어딘가에 불안정한 감각을 안정시키는 구석이 있는 집.

선우를 돌보면서 알게 모르게 또다른 종류의 감각 불안을 느끼고 있
을지 모를 아내와 서연이, 부모님에게도 도움이 되는 집이란, 강한 감각
과 약한 감각이 공존하는 공간일 것이다. 집은 가족의 우주다. 평범함과
특별함, 강함과 약함, 복잡함과 단순함이 섞여 있는 우리 식구의 작은
우주는 이제 지어질 날을 기다리고 있다.

놀이터가 되는 집

아이는 상황을 받아들이는 대로 행동하고 보고 느끼는 대로 반응한다. 아이는 다른 변수를 떠올리며 감정을 통제하거나 왜곡하는 알고리즘에 취약하다. 하지만 교육을 받고 점차 나이를 먹으며 사회가 요구하는 패턴을 빠르게 받아들이고 타인의 시선으로부터 많은 영향을 받는 존재가 되어간다.

집을 설계할 때 가장 중요하게 여겼던 이슈 하나가, 감각조절장애가 있는 막내 선우였다. 선우에게는 다른 아이가 자라면서 자연스레 체득하는 일상적이고 사회적인 감각을 배우는 게 너무 어렵다. 좋으면 너무 좋고, 싫으면 너무 싫고, 슬프면 너무 슬프고, 무서우면 너무 무섭다.

일주일에 두 번씩 감각통합 치료를 받는 선우에게 도움 될 만한 집은 뭘까. 관련 자료는 많지 않았고 그걸 공간이나 집으로 연결시키는 사례나 참고문헌은 전무했다. 선우를 담당하는 감각통합 전문가들께 자문도 구해봤지만 참고가 될 자료는 역시 없었다.

그래서 일단 감각통제, 감각장애, 인간의 감각에 대한 기본적인 자료를 찾아보는 것과 동시에 선우를 키우면서 알게 된 아이의 특징, 행동방식, 좋고 싫음의 기준을 설계에 러프하게 적용해보았다. 처음에는 선우가 위험에 대한 감각통제가 불안정한 편이라 안전에 집착을 했다. 계단은 완만하게 만들고 높은 공간을 무서워하니 천장 높이를 가급적 낮고 일정하게 했다. 코너를 돌다 벽이 있으면 다칠까봐 복도보다는 홀을 두고, 난간은 높고 촘촘하게 만들어 안전한, 그렇게 만들어진 예측 가능하고 밋밋한 공간들로 이루어진 집.

독일의 놀이터 디자이너 귄터 벨치히의 『놀이터 생각』(소나무, 2015)이라는 책을 만나기 전까지는 그랬다. 그는 이렇게 말했다.

"놀이 환경 속에서 여러 상황을 접할 때 사람은 자기 주변을 알아갈 뿐 아니라 자신의 능력과 한계를 체험하고 발견합니다. 장애인에게 놀이는 단순히 치료를 위해 어쩔 수 없이 해야 하는 강요가 아니라 재미와 즐거움을 느끼는 활동이고 그 속에서 자연스럽게 하는 일종의 재활훈련이 됩니다. 그러므로 놀이 영역에서 장애물과 어려움을 배제하지 말고 오히려 경험할 수 있는 가능성을 필수적으로 구성해넣어야 합니다."

우리 모두 키 작은 아이였을 때는 높은 공간을 무서워했다. 높은 공간에 대한 조절장애가 있었던 것이다. 하지만 어렸을 때 유별났던 감각들은 커가면서 무뎌져서 나중엔 오히려 무감각해지기도 한다. 어른에게 좋은 자극이 되는 집이라면 아이에게도 좋은 자극을 줄 것이다. 자연스레 다양한 공간과 생활 속의 평범한 장애물들을 경험하는 공간이라면

다락에 구름이 보이는 창문은 꽤나 새로운 경험일 것이다.
큰 달이 뜬 날, 그 창에서 망원경을 통해 달을 보여주면
선우는 아마 깜짝 놀랄지도 모르겠다.

선우가 살면서 스스로 하나씩 체득하는 놀이터가 되지 않을까 생각하게 되었다.

장애가 없어도 아이들에게 세상은 유별나게 커 보이는 두려운 세계이고 생활 속에서 끊임없이 망설이고 불안해하는 게 아이들의 삶이다. 하물며 평범한 아이보다 더 강하게 감각을 받아들이는 아이라면 일상의 시간들이 너무 힘들지 않을까. 그런데 그것을 극복하지 못한다면 그 아이는 어른이 될 수 없다.

내가 집을 통해 선우에게 주고 싶은 건 딱 하나였다. 그동안 살아왔던 아파트보다는 크고 변화가 많고 위험하며 두려울 수도 있는 집. 하지만 살면서 자연스레 극복이 되고 점점 만만해지며 친밀해질 수 있는 집. 보통의 아이들에게도 재미있고 흥미로운 집.

계단을 유난히 무서워하는 선우가 계단 앞에서 주저하다가 엄마나 언니가 하는 것처럼 스스로 조심하며 자유롭게 오르락내리락할 수 있기를 바랐고, 2층 홀에서 높은 난간 사이로 1층을 내려다보며 할머니를 부르고 지금보다 두 배쯤 높은 천장을 올려다보며 높이와 위험을 깨닫게 되길 바랐다.

특히 다락에 구름이 보이는 창문은 꽤나 새로운 경험일 것이다. 그 창에서 큰 달이 뜬 날 망원경을 통해 달을 보여주면 선우는 아마 깜짝 놀랄지도 모르겠다. 비를 무서워하는 선우에게 천창 위에 떨어지는 빗방울은 끔찍한 괴물처럼 보일 수도 있다. 하지만 시간이 더 걸릴 뿐 선우는 지금까지 그런 것처럼 구름과 달과 비를 좋아하게 될 것이다.

평범한 집처럼 보이지만 집에는 어른 어깨가 간신히 통과하는 좁고 깊은 통로도 있고 작은 모래장도 있다. 선우가 만질 수 있는 다양한 질감도 많다. 외벽의 반은 벽돌이고 반은 뽀얗고 고운 백색 스투코stucco 도장이다. 테라스 바닥은 맨발로 돌아다닐 수 있는 천연 목재다. 지금의 선우에게는 그걸 만지고 딛는 것 자체가 용기가 필요한 모험일 것이다. 평범한 사람에게는 아무것도 아닐 집 곳곳의 감각들이 선우에게는 의미 있는 놀이터가 될 수 있다는 작은 깨달음으로 설계는 약간 방향을 틀게 되었다.

물론 선우는 그런 장치들을 스스로 느끼진 못할 것이다. 하지만 매일매일 평범하게 해내는 일과 속에서 선우의 심리와 정서는 단단해져가리라 믿는다. 그렇게 쌓인 시간과 경험이 선우에게 어른의 기질과 성격을 선물하면 좋겠다.

어른이 보기에 위험해 보여도 아이가 위험을 자각하고 있다면 큰 문제가 되지 않는다. 어른이 생각하는 것보다 아이는 더 큰 능력을 갖고 있다. 높고 낮고 깊고 얕고 넓고 좁은 공간 속에 밝고 어둡고 아늑하고 불편하고 거칠고 부드럽고 따뜻하고 차가운 감각이 모두 섞여 있는 집이야말로 아이에게는 아주 좋은 놀이터다.

새 겨 지 다

1.

아이가 말했다.

"아빠, 밖은 추워. 안으로 들어와. 틈이 벌어지면 안 돼. 틈이 있으면 호랑이도 들어오고 바람도 들어오고 귀신도 들어오거든."

아이가 장난감을 줄줄이 이어 붙여서 거실 바닥에 둥글게 경계를 만들고 안과 바깥을 구분하던 어느 날의 기억. 다섯 살짜리 아이는 왜 스스로 자신만의 공간을 만들고 안과 밖을 구분했을까. 아이는 울타리를 치고 그 안에 들어가 해로운 것으로부터 자신을 보호할 은신처를 만들었고 그 안에서 안전하고 독립적인 인간이 되는 안락감을 느낀다. 그리고 그 느낌은 좋은 기억으로 마음 한구석에 새겨진다. 아이는 오랜 시간 동안 기억을 간직할 것이다. 그러다 중년의 한복판에서 어떤 땅을 만나고 오래전 느낌을 다시 불러낼 것이다.

누구나 집에 대한 근원적인 느낌이 있다. 울타리를 치고 의미를 스스로 정하고 주인으로서 행동하는 것. 잃어버렸다고 생각했던 집의 의미를 다섯 살짜리 아이의 눈을 통해 떠올려본다.

2.

선우와 같이 살며 배우는 것 중 하나는 소통보다 공감이 먼저라는 것. 어디서나 누구나 소통을 말하고 있지만 소통을 하려면 공감이 먼저라는 생각은 잘 하지 않는다. 어떤 관계든 앞으로 나아가기 위해서는 무엇보다 공감이 중요하다.

상대를 공감해야 그 사람이 어떻게 생겼는지도 보이고, 무얼 말하려는지도 들리며, 이해하려는 마음도 생긴다. 마음이 생겨야 눈과 귀가 열린다. 진지한 공감 없이 필요와 계산에 얽힌 인간관계의 끝이 늘 허무한 이유 역시 여기에 있다.

선우와 소통을 위해 작은 마음이라도 전달하려고 애쓰다보면, 뜨고 있는 내 눈과 열려 있는 내 귀가 실제로는 닫혀 있음을 깨닫고 막막해질 때도 있다. 집이 가족들 사이에 몰랐던 사소한 속마음을 하나씩 일깨워주고 연결해주는 공간이 되면 좋겠다. 서로에게 조금 더 잘 공감할 수 있게 정서적으로 도와주는 집이랄까. 합리적 판단과 공학적 계산만으로는 해결이 어려운 세세한 생활의 감정들을 집에 어떻게 담아내야 할지, 다소 막막한 과제를 해결하기 위해 반복해서 도면을 그려보고 있다.

투 박 함 에   대 해

일, 작품, 생활……. 무엇이든 투박한 시기를 지나지 않고 세련된 결과
로 바로 가는 방법이 있을까. 세련미란 원한다고 얻어지는 취향이나 표
현의 문제가 아니라 충분한 시간과 반복되는 시행착오, 진심 그리고 노
력과 행운을 통해야만 얻어지는 전리품 같은 것이다.

　투박함을 숨기기 위해 마련한, 어딘지 모르게 거북한 느낌을 주는 세
련미는 현실 그대로 받아들인 솔직한 '투박함'보다 못하다. 불편함을 주
는 부자연스러운 세련미가 있는가 하면 빈틈이 있어도 미소가 번지는
정겨운 투박함도 있다. 뭐든 억지로 만들어지는 건 없는 것이다.

겨울의 시작

집의 윤곽과 평면의 구성이 결정되었지만 새해가 코앞으로 다가온 지금
도 여전히 고치고 있다. 마음 같아선 봄까지 계속 이런 식으로 도면을
고치면서 점점 완전에 가까워지도록 만들어가고 싶다. 하지만 길게 잡
아도 한 달 안에는 끝을 내야 하는 상황. 남은 시간 동안 더 좋게 만들
수 있는 여지를 찾아 하는 데까지 다듬어가는 수밖에 없다.

책 만드는 과정과 집 만드는 과정은 닮았다. 빠른 속도로 타이핑 하는
손가락 위에 생각을 뿌려놓으면, 그것을 긴 시간 동안 세밀하게 고치고
다듬어가면서 점점 그럴듯한 모양의 책이 되어가는 것처럼 집 역시 거친
스케치 몇 장으로 시작해 점점 더 정교한 도면으로, 현장의 구조물로 물
질적인 실체가 존재하는 구체적인 현실이 되어간다.

책 만드는 과정에서 가장 힘든 시간은 초고를 마음에 들 때까지 고치
는 작업이다. 원고 수정, 교열이라 불리는 이 과정은 시작은 있지만 끝이
없다. 마음에 완벽하게 흡족한 수준은 애초에 존재하지 않으므로 하는
데까지 고치다가 어느 시점에서 멈춘다. 편집자와 디자이너의 손을 수

없이 거쳐 어느새 활자가 되어 종이에 인쇄된다. 그리고 제본 과정과 유통 단계를 통해 책이 된 이야기는 서점으로 간다.

집도 그렇다. 몇 가지 중요한 아이디어를 담은 스케치가 나오면 그것을 도면으로 정리하고 모형을 만들어 전체적인 감을 잡으면서 고쳐나간다. 도면을 고치는 작업 과정 역시 시작은 있지만 끝은 없다. 몇 년의 시간이 주어진다면, 작은 집도 그 시간 내내 고치고 다듬는 것을 반복해나갈 수 있겠지만 현실적으로 그런 설계는 불가능하다. 그렇게 한들 완벽하게 마음에 흡족한 순간이란 어쩐지 쉽게 오지 않을 테지만.

며칠 동안 보조 주방을 좀더 기능적인 공간으로 만드는 방법과 1층 욕실을 건식과 습식으로 분리해서 기존 안보다 쾌적하고 넓게 사용하는 방법을 찾아봤다. 그러다보니 계단 방향과 위치가 변경되고 면적이 커지면서 집의 큰 틀이 조금 움직이게 되었다. 외관상으로 크게 눈에 띄는 변화는 아니더라도 1~2센티미터의 싸움이 시작된 후라 무엇 하나 간단히 결정하기란 쉽지 않다. 세밀한 치수들이 모여 집의 쓰임새와 공간감을 미묘하게 좌우하기 때문이다.

설계의 완성도는 조금씩 나아지고 있다. 작은 선 하나가 집의 디테일과 품격에 직접적 영향을 미치는 단계로 넘어왔다. 원고 교열 작업 막바지에 단어 하나, 띄어쓰기 하나, 조사 하나에 긴 시간 뜸을 들일 때처럼 창의 높이와 폭, 넓이, 위치와 난간 디자인, 천장 높이와 조명, 공간의 색감, 각 부의 재료가 아주 느린 속도로 하나씩 결정되고 있다. 이번 겨울은 짧을 것 같다.

머물고 싶어서

책장에 꽂혀 있는 새 책을 바라보면 기분이 좋아진다.

"책이 책장에 꽂혀 있는 걸 좋아해서 책을 자주 사는 편입니다"라고 말한다면 "나도 그런 편입니다"라고 맞장구쳐줄 사람이 몇 명이나 될는지. 읽지 않고 그런 식으로 사다놓은 책이 꽤 많은 내 입장에선 그렇게 책 자체를 좋아하는 일이 더 본질적으로 책을 아끼는 행위가 아닐까 생각한다. 아내는 늘 이해할 수 없다는 표정이지만.

말하자면 내용이 어찌 되었든 글자가 무수히 쌓여 있는 풍성한 상태를 일차적으로 마음에 들어하는 것이다. 그것이 책을 별로 읽고 싶어 하지 않는 이들에게 종종 내가 권하는 책과 친해지는 방법이다.

"괜찮아 보이면 일단 사세요. 대체 내가 이런 걸 읽을 날이 있을까 하는 책을 사도 상관없어요. 일단 사서 잘 보이는 곳에 예쁘게 꽂아두면 어느 날 갑자기 책 하나가 눈에 들어오고 그 책을 읽게 될 겁니다."

눈인사만 하고 지내던 사람과 어떤 연유로 갑자기 친해지는 순간과 비슷한 느낌이라고 해야 할까. 책장에 꽂혀 있는 책들 하나하나가 언젠가

언젠가 나와 깊은 대화를 나눌 인연들.

나와 깊은 대화를 나눌 인연들로 보이는 이유도 그 때문인 것 같다.

늘 여러 권의 책을 함께 읽고 있다. 한 권은 침대 밑에, 한 권은 사무실 책상에, 한 권은 갖고 다니면서. 이런 식으로 읽다보면 어떤 책은 완독하기까지 서너 달이 걸리기도 한다. 하지만 게으르고 끈기 없는 나 같은 사람에겐 이런 식으로라도 조금씩 읽어나가는 것이 좋은 독서법이라고 생각한다.

책을 사들이는 속도에 비해 독서량은 적은 편이라 책이 쌓인다. 독서보단 책 자체를 좋아하는 것일 수도 있다. 집을 짓기 전에는 책이 계속 늘어나서 책장이 계속 모자랐다. 이미 읽은 것, 찾는 빈도가 떨어지는 것들을 골라 박스에 넣어두면서 버텼다. 박스 개수가 한계치에 다다르면 기부하거나 중고책방에 팔았다.

어제는 내년 봄 집을 지으려는 분과 설계 상담을 했다. 의뢰인이 집을 짓는 이유는 순전히 책 때문이었다.

"책을 위한 집이 필요합니다."

충분히 넓은 아파트에서 살고 있지만 책의 입장에서는 답이 안 나온다는 말씀이다. 내가 답했다.

"어떤 상황인지 잘 이해합니다. 저도 그랬거든요."

책의 공간은 막혀 있지 않는 편이 좋다. 내 집 안에 도서관의 풍경을 어설프게나마 재현하려니 쉽지 않다. 작은 집이니 벽과 별도로 분리된 책장보단 벽 자체가 책장이 되는 방식이 좋을 것이다. 책장은 조금 넉넉하게 계획되어 책 사이사이로 틈이 생기는 헐거운 여유가 책과 읽는 사람 사이의 긴장감을 완화해주지 않을까.

가끔씩 책더미 속에 머물고 싶어서 도서관에 간다. 책을 읽는 시간은 자신과 대화하는 시간이다. 제례, 기도, 명상과 닮았다. 내가 아는 도서관의 미덕은 이런 것이다. 책과 섞여 있는 사람들, 그 사이를 걷다보면 마음이 한 계단 내려앉아 편해진다. 지으려는 집 안에 작지만 이런 느낌을 주는 자그마한 구석이 있으면 좋겠다. 그러면 작은 그 구석에 앉아 좋은 기운을 받고 위로받을 수 있을 것이다.

집의 구석, 여기저기에 책이 자연스레 놓여 있는 풍경을 상상해본다. 책 덕분에 식구들이 필요할 때 조금 차분하고 사색적인 시간을 즐길 수 있다면, 설계자로서 참 흐뭇하겠다.

보이지 않는 공간

비좁은 땅이라 마당이 좁을 수밖에 없다. 작지만 소중한 외부 공간을 어떻게 활용할지 고민하고 있다. 스케치를 하다가 찢어버리고 다시 그리기를 여러 번, 아무리 해도 마음에 드는 결과가 나오지 않는다. 고작 열 평도 안 되는 마당 하나가 뭐 그리 중요할까 싶기도 하지만, 작은 땅일수록 실내와 연결된 바깥 공간의 분위기는 그 어떤 요소보다 집에 중요한 영향을 준다고 믿는 터라, 계속 그려보는 수밖에 별도리가 없을 것 같다.

공간의 정확한 실체와 분위기는 지어지기 전엔 설명하기가 쉽지 않다. 지금은 이성보다는 감성, 논리보다는 직관을 믿어야 하는 과정이다. 가령 누군가에게 공간의 크기가 가로, 세로 얼마고 몇 평짜리라고 이야기해봤자, 내가 그 공간에 담아내고 싶은 보이지 않는 가치와 분위기는 집의 물리적 크기와 아무런 관련이 없다. 말을 바꿔 바닥엔 나무를 깔고 낮은 담을 둘러 아늑하게 만들고 싶다고 조금 더 풀어서 길게 이야기해도 듣는 사람 입장에서 그 느낌을 제대로 알기 어려운 것이다.

이 고민의 지점을 그나마 설명할 수 있는 것은 '인간적'이라는 단어다.

공간에 인간적인 뭔가를 담고 싶다고 가족들에게 꾸준히 설명하고 있다. 바람과 볕, 나무, 계절감, 앞으로 집에서 벌어질 다양한 생활 풍경이 자연스레 담길 수 있는 공간. 그래서 그것을 사용하는 가족들에게 긍정적인 감정을 전달할 수 있는, 그런 '인간적' 공간을 고민하고 있다고 말한다.

하지만 상황은 녹록하게 흘러가지 않는다. 결국 원하는 분위기를 합리적 기준 안에 넣고 돈 싸움을 벌여야 한다. 그런 상황에서 '인간'과 '진심' 같은 단어는 한가한 이야기, 하나마나한 공염불로 들리기도 한다.

"그냥 햇볕 잘 들고 관리하기 편한 마당 하나 만들어주세요. 가능하면 널찍하게."

건축에서 감성적인 부분은 늘 현실 기반의 시뮬레이션 결과와 충돌한다. 하지만 건축은 도식화된 조건과 꼼꼼한 체크리스트만으로 되지 않는다. 결국 우리는 이성보다 감성, 논리보다 직관이 풍부한 공간에서 감동과 행복을 느낄 것이다. 이를테면 따뜻한 빛이 들어오는 소담스러운 거실, 거실과 이어지면서 계절을 느낄 수 있는 작은 마당, 소음으로부터 잠시 벗어날 수 있는 안식처 같은 서재, 계절감을 잘 느낄 수 있는 테라스 같은……. 이런 공간들은 어쩌면 도면에 분명히 드러나지 않을 수도 있다. 공간이란, 최종 결과물이 드러나기 전에는 잘 보이지 않는다.

바 꾸 고 또 바 꾸 고

작은 땅 하나에 어쩌면 이토록 다양한 집이 그려지는지. 그리면서도 놀랍다. 어제 그린 도면을 놓고 퇴근했다가 아침에 오면 부족한 게 또 보이고……. 그러다보면 어제와는 다른 게 또 나온다. 친한 선배는 그게 다 건축가로서 확고한 철학과 신념이 없어서 그런 거라고 놀리는데 영 틀린 말은 아니다.

지금까지 해온 설계는 남의 집이었다. 남의 집을 그리는 것과 내 집을 그리는 것은 다르다. 그게 뭔지 딱 부러지게 답할 순 없지만 뭐랄까, 남의 삶은 객관적인 시선에서 조금 떨어져 바라볼 수 있으니 설계 방향을 잡을 때 기준이나 원칙이 비교적 명료하다고나 할까.

그에 반해 내 집 설계는 객관적 시각으로 떨어져서 바라보기가 힘들다. 도면을 그리다보면 그 집 안에서 생활하는 나와 내 가족들의 모습이 눈앞에 자꾸 아른거린다. '왜 이렇게 만든 거지?'라고 투덜거리는 모습까지 자꾸 떠오르다보니 도면을 그리던 펜이 멈칫 멈칫하는 것이다.

지붕 모양과 옥상 쓰임새에 거의 일주일째 고민 중인데 도무지 답이 남의 집 설계와 내 집 설계는 확실히 다르다.
좀처럼 객관적인 시선에서 바라보기가 어렵다.

나오질 않는다. 급기야 머릿속에서 굴러다니던 건물 형태를 모형으로 만들어놓고 이리 보고 저리 보고 하는데 그럴수록 점점 더 애매해진다. 더 좋은 대안이 없을까. 고민과 집착이 지나치다보니 급기야 잘 정리된 내부 공간까지 다시 손보게 된다. 결국 거의 마무리된 설계 도면을 잠시 옆으로 치워두고 처음부터 다시 그려보고 있다.

'장고 끝에 둔 악수'라고 이러다 전설처럼 내려오는 업계의 농담처럼 '수십 번 변경 끝에 결국 아파트 평면으로 가는' 딜레마에 빠지는 것은 아닐까. 설계의 첫 마음으로 돌아가서 가장 먼저 떠오르는 생각을 곱씹어봤다. 첫째도 아이들, 둘째도 아이들이었다.

평면도

쉽고 편하게 읽히는 평면도, 간단해 보일수록 막상 그리려면 쉽지 않다. 잘 정돈되어 있다는 건 그만큼 충분히 수고를 들였다는 것이고 여러 겹의 피드백을 거쳤다는 증거다.

훌륭한 평면도는 반복적인 드로잉을 통해 만들어진다. 반복을 통해 어딘지 어색하고 무리수가 있는 부분을 하나씩 정리해나가면서 조금씩 더할 것도 덜어낼 것도 없는 상태가 되는 것이다. 지난한 과정을 통해 괜한 고집과 억지가 사라진 평면도는 누구에게든 편안하게 읽힌다.

옆벽의 대화

추위나 더위, 어둠 같은 자연환경으로부터 우리를 보호하는 기능이 건축에서도 중요하긴 하지만 그게 전부는 아니다. 우리가 살아가는 집의 구조, 공간, 창밖 풍경, 빛, 면적, 외부의 형태는 알게 모르게 우리 삶에 영향을 미친다.

단독주택을 짓기까지 태어나서 아파트에서만 살아온 큰딸 서연이는 아파트 건물 옆벽에 왜 창이 없는지 늘 궁금해했다. 돈과 관련 있고 법규정 등 복잡한 이유가 있지만, 아이가 이해하긴 어려운 내용이라 대충 때울 요령으로 "우리나라 사람들은 병적으로 남쪽만 좋아해서 그래"라고 답을 했다. 그러자 서연이는 다시 물었다. "저 아파트는 동향이고 측벽이 남향인데 창이 없잖아?"라고. 난 잠시 주저하다가 현문우답을 했다.

"그건 우리나라 사람들이 옆보다는 앞을 좋아해서 그래."

서연이는 의심스러운 표정으로 또 묻는다.

"그런데 앞과 옆은 뭘 보고 정하는 건데? 넓은 면이 앞이고 좁은 면이 옆이야?"

이쯤 되면 대화는 늘 이렇게 마무리된다.

"조금 어려운 얘기라 나중에 더 크면 얘기해줄게."

아파트 옆벽에 창을 내지 않는 이유는 채광창을 냈을 때 대지 경계선이나 창을 마주보는 건물로부터 건물을 이격離隔해야 하는 거리가 법으로 규정되어 있기 때문이다. 창을 내지 않는다면 건물과 건물, 건물과 대지 경계선은 약간의 이격 거리만으로도 문제 없지만 창을 낸다면 상당히 넓은 이격 거리를 확보하고 건물을 지어야 한다. 결국 이 창 하나가 한정된 땅 안에 얼마나 많은 세대를 수용할 수 있는지, 단지형 아파트의 경우 몇 개의 동까지 지을 수 있는지를 결정하는 중요한 요인이 된다.

말하자면 최대 수익성을 위한 돈의 논리와 사람이 쾌적하게 살기 위한 최소한의 환경을 확보하려는 법의 논리가 충돌하는 접점에 의해 옆벽에 창이 없는 아파트가 만들어진다고 말할 수 있겠다. 무슨 소리인지 당최 모르겠다는 표정의 서연이는 마지막 질문을 던졌다.

"근데……, 옆벽에 창이 없으면 행복하게 살 수 있는 거야?"

비싼 땅이라 옆 건물과 다닥다닥 붙게 지을 수밖에 없는 현실을 생각하면 거기에 들어가 사는 사람 입장에선 차라리 창을 내지 않는 편이 나을 것이다. 옆벽이 거의 달라붙은 두 건물 사이에 창이 있다면 창 안에 사람들은 별로 행복하지 않을 테니까.

하지만 항상 커튼을 치거나 블라인드에 의지해 살더라도 창이 없는 것보다 있는 게 낫지 않을까 가끔 생각한다. 가뜩이나 앞만 보고 사는 세상인데 집에 들어와서도 그래야 한다는 건 조금은 슬픈 일이니까.

은신처

58평 아파트라면 최소한 집 안의 소란스러움으로부터 도망칠 은신처 하나쯤은 있어야 할 텐데 지난 주말에도 부모님의 TV 소리, 아이들이 노는 소리로부터 벗어나기가 힘들었다. 더 큰 아파트라면 가능할까.

가령 100평이 넘는다면 어떤 벽 하나를 비밀의 문처럼 만들어 갈 곳 없는 중년 남자를 위한 은신처를 만들 수 있지 않을까. 애들이 "아빠가 사라졌어" 하고 놀랄 만한 그런 공간.

여섯 살 이후로 아파트에서만 살아온 나는, 지금 꿈에도 그리던 80평짜리 내 집을 설계하고 있다. 그리고 이 집에 내가 그토록 갖고 싶어하던 은신처를 마련하기 위해 아이들을 위한 공간이라고 에두르고, 사실은 나를 위한 8평짜리 다락방을 그려넣었다. 나중에 이 다락은 어떻게 될까.

일단은 내 아지트가 되겠지만 더러는 아내의 화실이 될 수도 있을 것이고, 아이들의 놀이방이 될지도 모를 일이다. 손님에겐 박공 천장을 가진 다락에서 천창으로 별을 보며 잠을 청하는 하룻밤을 권할 수도 있겠다.

집 의 윤곽

다행히 새해가 오기 전, 집의 윤곽이 확정되었다. 마음만 바빠서 부산을 떠는 동안 고민은 넘치게 많았다. 내 집 설계라면 엄청나게 열심히 하고 밤도 새고 꿈에서도 집을 생각하고, 다들 그럴 줄로 짐작하겠지만 의외로 그렇게 되지는 않았다. 외려 심하게 집착하지 않으려 했고 한발 떨어져 바라보려 애썼다. 그럼에도 여섯 식구가 살아야 하는 집이다보니 부담감은 크고 쉽게 정리가 되지 않았다.

도면과 모형을 만들어 가족에게 보여주면 "좋다" "예쁜데!" "귀여워" 등등 좋은 말만 나오는데 원래 도면과 모형이란 그런 구석이 있다. 하지만 막상 집을 짓기 시작하면 삭막한 골조 상태로는 본인들이 상상한 모습과는 영 다른 공간이라 불만이 하나씩 나오기 시작할 것이다. 상상한 것보다 괜찮으면 상관없는데 좁아 보이거나, 창이 작거나 하면 볼멘소리를 할 것이다.

하지만 그럭저럭 그 시기를 잘 넘기면, 마감 재료가 붙고 창도 붙고, 그럼 가족들 얼굴에 다시금 화색이 돌면서 "생각보다는 괜찮네"라고 할 것이다. 늘 이런 식이다. 건축가 입장에서는 실제로 구현되는 상황이 도면과 모형만으로도 어느 정도 보이지만 사용자 입장에서는 구체적인 형태가 드러나기 전에는 실감이 되지 않는다.

식구들은 편한 것 좋아하고, 막힌 것 싫어하고, 복잡한 것 질색인 취향이다. 외부 형태에서 찌그러진 대지 경계선을 따라 자연스럽게 찌그러진 집이 되는 게 옳다는 생각을 했다. 대지 북측 옹벽에서 필요한 이격 거리보다 조금 더 집을 벌려 그 틈새에 후방 테라스를 설치하면 주방 뒷 공간이 되어 쓸모가 있을 것이라고, 그런 공간이 집 뒷면의 특별한 외관을 만들어주는 재밋거리라고 생각했다.

뾰족한 지붕을 싫어하는 아내를 위해 완만한 경사의 지붕으로 찌그러진 집 덩어리와 어울리게 해봤는데, 그것도 괜찮아 보인다. 작은 땅이니 흙이 있는 마당보다는 거실, 주방, 식당과 자연스럽게 연결되는 넓은 나무 테라스가 더 좋아 보인다.

건축가 입장에서 처음에는 잔뜩 힘이 들어가 뭔가 보여주고 싶은 마음이었지만 서서히 어깨 힘이 빠지고 겸손한 마음이 들면서 작은 땅과 부족한 예산에 맞는 적합한 집을 그려나갈 수 있었다. 작지만 단단하고 튼튼한 집. 비록 큰돈 들여 짓지는 못하지만 나름의 격格이 있는 집을 고민했다. 어머니는 테라스 구석에 배롱나무를 심겠다 하고 서연이는 계단참에서 꽃을 기르자고 한다. 집의 실체가 조금씩 드러나고 있다.

창을 만들며

어린아이에게 집을 그려보라고 하면 대개 사각형 덩어리에 삼각형 지붕이 합쳐진 형태 중간에 큼직한 창을 그린다. 공간심리학 측면에서 단절에 대한 거부감을 그렇게 표현하는 것이다. 그래서 창은 기능적 역할을 넘어 인간의 내면과 직결된다. 창문 하나로 공간의 분위기는 규정되고 거주자의 심리에 지속적으로 영향을 미친다.

건축의 창은 마음의 창이다. 때때로 위로를 받고 외로움을 즐기기도 하는 사려 깊은 창이 집 어딘가 절묘한 위치에 있길 바라며 도면을 들여다본다.

나쓰메 소세키는 소설 『마음』에서 이런 말을 했다. 우리 모두는 자유, 독립, 자아로 가득 찬 시대에 태어난 대가로 모두 이런 외로움을 견디고 있는 것이라고.

에드워드 호퍼의 그림에서 보듯 우리가 도시 공간에서 살아가는 대가로 감당해야 할 외로움과 고독이 어쩔 수 없는 것이라면, 그나마 건물의 창을 통해 우리는 스스로 위로할 수 있고 세상과의 거리를 조절

계절과 날씨에 따라 시시각각 변하는 창밖 풍경을 바라본다.
창문 하나가 선사하는 위로와 여유가 얼마나 고마운지.

할 수 있다. 바깥과의 분리를 통제하며 적절한 거리를 유지한 창은, 종종 창밖 풍경을 통해 심리적 거리를 좁히면서 우리 감정에 직접적인 영향을 준다.

위로와 외로움 사이를 채워줄 친밀한 창을 고민한다. 창문 하나가 바깥과 거주자의 내면에 어떻게 연결될 수 있을지 고민한다. 크기는 얼마여야 할지, 적절한 위치와 비율은 어느 정도가 좋을지.

1층 동쪽 창은 눈높이보다 높은 위치에 수평 창으로 길게 뚫어 아침 햇살이 잘 들어오고 동네 풍경과 구름, 하늘이 잘 보이면 좋겠다고 생각했다. 반면 2층 서쪽 창은 다락을 오르는 계단 중간에 있다. 옆집이 어떻게 지어지느냐에 따라 달라지겠지만 최대한 옆집에 가리지 않게 밤하늘과 달, 노을이 보이도록 창의 자리를 잡아본다.

정지된 풍경을 보여주는 정물을 위한 창도 좋지만 이왕이면 계절에 따라 풍경이 변화하는 창이, 매시간 들어오는 빛에 따라 느낌이 달라지는 창이 오래 같이 살고 싶은 창이 아닐까. 다락에는 바닥에서 뒹굴거리며 하늘을 보았을 때 먼 도시의 풍경이 보이는 창을 두는 게 좋겠다. 집 안의 창들이 계절과 시간에 따라 진지함과 발랄함, 포근함과 신선함의 감정을 식구들에게 전해주기를 상상하고 있다.

거실의 생기

1.

근사한 소파에 누워 텔레비전 리모컨을 만지작거리며 스포츠 중계를
보는 거실이 중산층의 로망이었던 1980년대 이후, 어느 집이든 텔레비
전 전파가 닿는 모든 집의 거실 풍경은 비슷해졌다.

거실 한쪽 벽에 텔레비전을 두고 반대쪽 벽에 식구가 모여 앉아 있는
모습. 텔레비전은 가족 간 스킨십과 대화를 점점 간소하게 만들었다. 텔
레비전 속 세상을 바라보며 함께 웃고 울고 욕하고 환호하는 시간이 가
족을 끈끈하게 결속한다고 믿고 싶겠지만, 어느 순간 각자의 손에 텔레
비전보다 더 재미난 스마트폰이 쥐어지면서 가족은 더이상 거실로 나올
필요가 없어졌다. 집 중앙에 떡하니 차지한 넓은 거실에 누구도 머물지
않게 된 것이다.

버려진 거실 탓에 죽어버린 집 안의 생기를 되살리기 위해 집집마다
거실은 다시 가족을 위한 중심 공간, 좀더 의미 있는 역할을 할 수 있
는 공간으로 진화 중이다. 서재가 된 거실, 아이의 놀이 공간이 된 거실,

하루 중 거실에 머무는 시간이 얼마나 되세요?

공연장 또는 영화관이 된 거실 등등.

내게도 거실은 꽤 복잡한 문제적 공간이다. 큰딸 서연이의 상상 속에서 거실은 애니메이션과 놀이, 재밌는 소설책이 섞여 있는 공간이고, 아내에게는 분위기 좋은 카페처럼 밥도 먹고 차도 마시며 수다도 떠는 공간, 어머니에게는 편한 소파에 앉아 텃밭과 화분들을 바라보는 공간이며, 아버지에게는 탁 트인 조망과 따뜻한 볕이 드는 공간이다.

내겐 어떤 공간이면 좋을까. 거실과 연결된 테라스에 맨발로 나갈 수 있으면 좋겠다. 봄, 가을 저녁엔 밖에 나가 밥도 먹고 술도 마시고, 여름엔 작은 풀pool장에 물을 받아 아이들이 놀 수 있는 그런 공간. 이런 집에서 거실은 테라스와 식당, 방을 연결해주는 다목적 공간이 된다. 거실 정도 크기의 테라스가 거실 옆에 붙어 있다면 굳이 텔레비전과 소파는 거실에 둘 필요가 없을 것 같은데, 아내의 생각은 어떨지 잘 모르겠다. 있어도 좋고 없어도 좋은 홀 같은 거실이면 충분할 것 같은데……

2.

'적당하다'의 속뜻은 허술하거나 덜 되었다는 의미보단 작은 결함 정도는 품고 남을 여유를 갖고 있다는 편에 가깝다. 그래서 공간에는 완벽함보다는 적당함이 필요하다. 그래야 사람이든, 시간이든 잘 담아낼 수 있다. 공간의 쓸모는 적당한 여유가 존재할 때 가능하다. 그런 관점에서 건축의 공간을 이해할 때도 사람마다 미묘한 차이가 생긴다. 적당한 사람들이 만족할 수 있는 적당한 공간들, 겉으로는 쉬워 보여도 풀려면 어려운 문제다.

내 집이라고 생각하면

내 집이라고 생각하면 쉽게 할 수 없는 설계가 있다. 돈이 많이 든다는 이유로, 시공 부담이 크다는 이유로, 식구들이 싫어한다는 갖가지 이유로 할 수 없는 설계. 이유는 많고 대개 절박하다. 한편, 건축가라면 죽기 전에 꼭 한 번 해보고 싶은 설계도 있다. 물론 그런 설계란 흔치 않은 행운과 완벽한 신뢰관계의 건축주, 넉넉한 돈이 만나야 실현되겠지만 말이다.

건축가들 대부분은 욕망을 들키지 않고 설계의 당위성에 대해 설명하는 법을 스무 살 무렵부터 오랜 시간 훈련받는다. 훈련을 잘 받은 건축가라면 클라이언트를 설득하는 것쯤은 그리 어렵지 않을 것이다.

가령 대단한 협상력의 건축가가 건축주의 혼을 쏙 빼놓는 이야기로 건축주 입장에선 굳이 하지 않아도 좋을 설계를 제안할 수도 있다. 이는 어쩌면 건축가의 욕망에만 의미가 있을지도 모른다. 그러나 건축가가 만약 그 설계를 남의 돈이 아닌 자신의 돈으로 해야 한다고 생각한다면 그렇게 쉽게 판단할 수는 없을 것이다.

가장 좋은 설계란 내 집을 짓는 마음으로
한 단계씩 시작하는 게 아닐까.

그런 이유로 어쩌면 가장 좋은 설계란 내 집을 짓는 마음으로 시작하는 설계가 아닐까 생각한다. 식구들과 함께 생활할 내 집이라면 어떤 경우에도 작은 의견 하나도 심사숙고해서 가족 모두에게 적합한 답을 찾기 마련이니까. 간단한 결정이라도 내 입맛 따라, 내 기분 좋자고 결정할 수는 없다.

도시에는 수많은 건물이 있다. 가끔 고개를 갸우뚱하게 하는 건물들. 건축가 자신의 집이었더라도 저렇게 했을까 싶은 건물들. 건축가는 최선을 다했을 것이다. 하지만 그의 최선이 집주인에게 최선은 아니었을 수 있겠다는 생각을 해본다. 건축가와 건축주가 바라보는 관점의 미묘한 차이란 설명하기 참 힘든 것이겠지만.

같은 일 하는 건축가들에게 이런 이야기를 하면 자칫 예술가로서의 개성이 너무 희박해져서 평범한 집, 무난한 집만 만들게 되지 않을까 하는 우려를 내비친다. 하지만 일단 그 집에서 살아야 할 사람들의 현실을 고민해보고 내 집 짓는 마음으로 설계에 임하는 것이 단독주택의 본질에 좀더 가까워지는 태도라고 생각한다. 클라이언트 입장이 되어 내 집을 지어보려 사서 고생을 하고 있자니, 내 집은 절대 안 짓는다고 입버릇처럼 말하는 어느 유명 건축가의 심정이 뭔지도 대략 알 듯하다. 나 역시 또다시 내 집을 짓게 되면 믿을 만한 건축가에게 맡기는 편이 더 좋을 것 같다는 생각을 한다.

왜 집을 지으려 했을까

구청에 접수한 건축 허가가 한 달 만에 완료되고 설계가 끝났다. 몇몇 시공사에 도면을 보내고 공사비 견적을 받았다. 역시 우리가 가진 예산보다 제시된 공사비가 훨씬 크다. 의뢰받은 남의 집 설계라면 나중에 싫은 소리를 듣지 않기 위해 돈 문제를 철저히 지키려고 집착했을 것이다. 하지만 아무래도 내 집이다보니 좀더 좋은 공간에 대한 바람과 현실 사이에서 나도 모르게 중심을 못 잡고 말았다. 불길한 예상대로, 아닐 거라고 외면했던 여러 문제가 눈앞에 드러났다.

시공사에 따라 다르긴 했지만 많게는 1억 원, 적게는 2000~3000만 원의 차이. 실제 공사비는 우리가 가진 예산보다 높았다. 더 줄일 수 있는 면적도, 낮출 수 있는 자재도, 조절할 만한 수준도 없는데 돈은 부족하니 묘수가 마땅치 않다. 아내에게 차라리 빚을 더 내서 실력도 좋고 비싼 시공사에 맡기는 게 어떻겠느냐 했더니 안색이 흙빛이 된다.

나는 할 말이 없어서 궁색한 답변을 했다. 설계하는 사람으로 부끄럽지 않은 집을 짓고 싶다고. 아내가 밀했다. 집은 누구의 기분을 만족시키기 위해 짓는 것도, 남들에게 부끄럽지 않으려고 짓는 것도 아니라고. 그 집에 사는 가족의 형편에 맞게 지으면 그게 좋은 집이라고. 설령 비싸게 지어진 집에 비해 투박하고 평범하더라도 우리 가족이 만족할 수 있다면 충분하지 않겠느냐고.

그때, 작년 여름 땅을 처음 만나고 집을 지으려고 마음먹던 순간이 떠올랐다. 그때의 나는 분명 아내와 같은 생각이었던 것 같다. 개인적인 욕심보다 가족들이 골고루 만족할 수 있는 집을 짓고 싶다고 생각했다. 무리하지도 부담스럽지도 않은 수준에서 우리 가족의 필요와 개성을 담은 집을 고민했었다.

집의 귓속말

스무 집 남짓 모여 살게 될 작은 마을은 이제 막 땅을 파고 여기저기 집을 짓기 시작했다. 내년 이맘때면 이 마을의 풍경도 꽤 많이 바뀌겠지. 앞으로 한참 동안 이웃으로 살아갈 사람들의 집 짓는 과정을 지켜보는 것도 흔한 경험은 아닐 테다. '저 집은 저런 식으로 짓는구나……' '저렇게 지어선 나중에 후회할 수도 있는데……' 각자 상황과 생각, 그리고 처지에 따라 집은 만드는 사람과 살 사람의 사연을 담아 세상에 하나뿐인 공간으로 만들어지고 있다.

집 짓는 과정 하나하나가 가족에겐 인생의 중요한 기억으로 남을 것이다. 미지의 세계를 여행하듯 선택해야 할 갈림길이 계속 나온다. 우리는 어떤 선택을 하고, 어떤 여정을 그려나가고 있었는지, 여행이 끝나고 나면 선택의 순간만 또렷이 남는다.

대략 일 년 전 '내 가족이 원하는 집은 어떤 집인가'라는 막연한 질문에서 출발한 여정은 이제 걸어온 길보다 남은 길이 더 짧은 시점이 되었다. 거푸집을 꼼꼼하게 대고 콘크리트를 붓는다. 굳는 시간 동안의

어떤 집이어야 할까?

기다림이 지나면 집의 뼈대가 조금씩 드러날 것이다. 종이에 그려져 있는 상세한 도면은 현장 바닥에 먹선이 되고, 그 선은 다시 높이와 두께가 있는 살아 있는 벽이 되어 생활을 담는 공간으로 변해갈 것이다. 현장을 오가다보면 집이 속삭인다. 당신이 원하던 그 삶이 만들어지고 있느냐고.

태도에 대하여

아슬아슬한 비계에 매달려 무거운 거푸집을 하나하나 떼어내는 나이든 작업자들을 보면 뭔가 근원적인 자존감이랄까, 기이한 기운을 느낄 때가 있다. 값싼 감상이나 측은지심은 아니다. '내 집을 바로 저 사람들이 짓고 있구나' 하는 벅찬 실감 같은 것이다. 뭔가를 짓는다는 건 말과 생각만으로는 아무것도 되지 않는다. 집짓기는 결국 누군가의 땀이 필요하다. 그들에겐 반복적인 일상에 불과하겠지만 내겐 (아마 모든 건축주에게) 인생에서 가장 중요한 시간이다.

100만 원을 벌기 위해 작가가 글쓰기에 들이는 수고와 집 짓는 작업자들이 100만 원을 벌기 위해 들이는 수고는 어떤 차이가 있을까. 그런 멍청한 생각을 하면서 내가 깨닫게 된 건 하나하나 손을 거치는 과정이 없다면 집이나 글, 삶 무엇도 만들어지지 않는다는 점이었다. 그런 까닭에 집과 글, 그리고 삶을 나는 같은 선상에 놓고 이해하게 되었다.

내가 짓는 집이 잘 지은 글 같으면 좋겠고, 내 글이 잘 지어진 집 같다면 좋겠다. 나의 수고가 내가 모르는 사이 누군가의 삶에 어떤 식으로든

집이 다 지어지면 다시는 볼 수 없는 값진 풍경.

의미를 전할 수 있다는 사실 하나. 바로 그게 더럽고 위험한 현장에서 콘크리트에 달라붙은 거푸집을 굳은살 박힌 억센 손으로 떼어내던 나이든 작업자를 보며 얻은 교훈이다. 내 집을 지으며 느낀 현장의 울림을 남의 집을 설계하며 살아가는 동안 늘 잊지 않고 되새길 수 있으면 그럭저럭 괜찮은 인생이 되지 않을까 싶다.

집의 이름

집 이름을 짓는 건 그 집에 사는 사람들의 철학을 투영하는 일이다. 집
이란 결국 '삶을 담는 그릇'이기 때문이다. 평탄치 못한 근대화를 통과하
며 어쩔 수 없이 쓸려나간 수많은 터 위에 세상은 아파트 공화국을 지었
다. 여기에 집의 의미를 물으면 집이 얼마인지를 자랑하는 부동산 문화
까지 성립되면서 우리는 언제부턴가 집 이름을 잃어버렸다. 그 대신 '몇
동 몇 호'라는 익명의 번호를 하나씩 부여받았다. 그것을 집 앞에 하나
씩 붙이며 우리는 각자의 삶이, 세상이 정한 평균 속에서 튀지도 모자라
지도 않게 유지되어야 한다는 집단 강박에 시달리기도 한다. 이름 없는
집에서 살아간다는 건 어떤 의미일까. 그것은 개인의 철학과 삶의 취향
이 반영되지 않고 세상이 정한 평균으로 획일화되는 삶을 의미한다.

　　남양주시 마현마을에는 긴 세월 유배 생활을 한 다산茶山 정약용의
생가, '여유당與猶堂'이 있다. 유배를 마친 정약용이 남은 생을 살며 학문
과 사상을 집대성한 집이다. 집 이름의 의미는 노자의 『도덕경』 15장의
한 구절인 "여與기 거울에 시내를 건너는 것처럼 하고, 유猶가 사방에서

엿보는 것을 두려워하듯 하라豫兮若冬涉川 猶兮若畏四隣"는 대목에서 차용했다는데, 젊은 날 방자했던 혈기를 반성하며 몸가짐을 조심하며 살아간다는 삶의 자세를 집 이름에 담고자 했다.

한편 책만 읽는 바보라는 의미의 간서치看書痴 이덕무는 평생 읽은 책만 2만 권이 넘는 것으로 유명한데, 그의 집 이름 '팔분당八分堂'에서 그 생의 의미를 짐작할 수 있다. 인간이 도달할 수 있는 최고의 가치인 '성인'을 10으로 볼 때 8이라도 이루자라는 의미로, 그가 왜 그리 무지막지하게 책 읽는 생을 보냈는지 짐작케 한다.

연암燕巖 박지원이 경상도 함양고을 현감으로 부임해서 지은 집의 당호堂號는 '하풍죽로당荷風竹露堂'이다. '연꽃에 바람 불고 대나무에 이슬 내린다'는 짧은 시 같은 이름이다. 연암은 높은 문학적 감수성으로 대나무에 구슬이 구르듯 이슬 내리는 새벽을 즐기고자 했고, 연꽃잎 날리는 아름다운 아침을 만끽하면서 풍류와 즐거움이 있는 선정을 백성과 함께 나누기를 원했다. 확실히 꿈보다 해몽이긴 하겠지만 하나의 시문처럼 느껴지는 매력적인 당호임엔 틀림없다.

집의 이름은 그 집에 사는 이들의 정체성과 역사를 함축한다. '이름'을 불러주기 전에 하나의 '몸짓'에 지나지 않았던 그가, 이름을 불러주었을 때 내게 와서 '꽃'이 되었다는 김춘수의 시를 떠올린다. 집의 이름을 짓는 건, 어설픈 몸짓에 불과했던 우리의 삶에 중요한 의미 하나를 부여하는 일이다.

친한 선배가 새 집 이름을 물어보기에 얼결에 답했는데, 말하고 나니 썩 괜찮은 것 같다. 완생을 준비하는 집, '미생헌未生軒'. 우리 가족이 살아갈 집의 이름이다.

그래비티

착공을 앞둔 지후네 집 구조 도면을 그리고 있다. 구조 도면 작성 중에
는 늘 두 가지를 생각한다. 첫째, 안정적이면서 튼튼할 것. 둘째, 멋있을
것. 통상 두번째까지 간다는 건 첫째는 이미 해결했다는 이야기인데 무
슨 이유인지 몰라도 첫째도 제대로 해결 못하고 지어진 집들이 우리 주
변에 많다는 사실은 건축의 기본이 무엇인지 다시 생각해보게 한다.

혹시 중력에 대해 생각해본 적이 있으신지. '무너지면 절대 안 된다'라
는 전제는 건축의 가장 기본 조건이다. 그런 의미에서 중력은 건축의 출
발점이라 말할 수 있다. 중력을 고민해야 할 필요가 없었다면 아마 건축
은 수천 년 동안 지금보다 훨씬 간단한 기술과 더 자유로운 형태로 지어
졌을 것이다.

중력의 심오한 진실을 느끼게 하는 영화가 바로 알폰소 쿠아론 감독
의 「그래비티」다. 영어로 그래비티는 '중력' 혹은 '인력'으로 번역되는데
통상 '만유인력 법칙'으로 설명되는 '모든 물체에 내재 된 끌어당기는 힘'
을 뜻한다. 영화 속 중력은 지구 내에서만 존재하지 않고 지구 밖에서도

우악스럽게 존재한다.

지상 600킬로미터 상공, 산소도 없고 소리도 없는 우주 공간은 우리가 흔히 생각하듯, 평화로운 무중력 공간이 아니라 지구와 태양의 중력이 충돌하는 치열한 전장이다. 우리가 상상할 수도 없는 크기의 힘들이 서로 부딪치는 공간 속에 운이 좋게도(?) 낙하하는 힘과 밖으로 이탈하는 힘 사이에 절묘한 평형 상태가 만들어지는 바람에 인간이 플랑크톤처럼 물속을 떠다니듯 유영할 수 있는 무중력 지대가 생긴다. 추진체가 없으면 한발도 나아갈 수 없는 무중력 상태에서 인간은 먼지처럼 무기력한 존재다.

이 영화에서 딸을 사고로 잃고 집과 직장을 무심히 오가며 살아온 라이언 박사는 지구에서의 현실과 어딘지 닮은, 공간을 헤매는 처지가 되고 만다. 박사에게 지구란 어떤 공간일까. 딸의 잔상이 곳곳에 딱지처럼 붙어 있는, 세상과 떨어져 살고 싶은데 그럴 수도 없는, 무기력의 공간이 아니었을까.

라이언 박사는 허블망원경을 수리하기 위해 우주를 탐사하던 중에 궤도를 도는 러시아 인공위성의 잔해에 맞아 동료를 모두 잃고 우주 공간에 홀로 남는 처지가 되고 만다. 모순적이게도 그제야 박사는 아름다운 지구를 바라보며 지나온 삶을 하나씩 되돌아보기 시작한다. 그는 죽어버리자고 마음먹었던 그 순간에 다시 살고 싶다는 힘을 얻는다.

하마터면 우주 미아가 될 뻔도 하고, 통닭 신세가 될 뻔도 하고, 어이없이 익사할 뻔도 하지만 라이언 박사는 결국 무사 귀환에 성공한다. 처음 걸음마를 시작하는 아기처럼 힘겹게 두 다리로 땅을 딛고 일어서는 라이언 박사의 마지막 장면은, 중력은 무엇이고 인간은 무엇인지, 우주의 비밀을 함축하는 멋진 엔딩이었다.

누구든 자기 의사와 상관없이 태어나고 중력을 버티면서 네 발로 기다가 두 발로 선다. 그리고 누구든 그렇게 살아가다 언젠가는 중력에 이끌려 땅으로 돌아간다. 우리는 어느 순간 자연스럽게 깨닫게 된다. 우리를 살게 하는 것도, 죽게 하는 것도 바로 중력이라는 것을.

건축은 중력과 맞서지 않고 힘의 균형점을 찾아 세월을 버틴다. 그리고 약속된 시간이 끝나면 중력에 따라 (굳이 일부러 파괴하지 않아도) 서서히 땅으로 부서져 내린다. 우리의 인생처럼 말이다.

문득 나와 당신 사이, 지구와 나 사이에 흐르는 중력을 제대로 한번 겪어보고 싶은 생각이 든다. 그러기 위해서는 라이언 박사처럼 무중력 공간으로 나가봐야 할까. 물론 그전에 일단 그리던 구조 도면부터 마저 끝내야겠지만.

살아봐야 알겠지만

밥 짓는 기분으로

집짓기를 밥짓기에 비유해보자. 집의 첫 이미지를 떠올리고 스케치를 하고 집의 전반적인 요소를 구상하는 일은 쌀을 씻고 찌꺼기를 걷어내고 물의 양을 맞추는 과정과 닮아 있다. 땅 하나에 만들 수 있는 집의 유형은 몇 개나 될까. 건축설계를 배우던 시절, 선생님들은 그 수가 무한대라고 하셨다. 누가 그 집에 사는지, 누가 그 집을 설계하는지에 따라 수많은 유형의 집이 가능하다는 말씀.

그런데 막상 설계 실무를 하다보니 그 개수는 늘 서너 개에 불과했다. 땅이 정해지고 거기 살 사람이 정해지고 건축가가 설계를 시작한다. 설계비가 정해지고 돈에 맞추어 일정이 정해진다. 모든 일이 그렇듯 돈과 시간은 정량적으로 재단되어 업무량으로 규정되고 그에 맞춰 지극히 자본주의적 논리로 일을 진행하는 것이다.

통상 설계 초반 작업에서 대안 하나가 빠르게 만들어지고 건축주와 협의하고 고칠 부분과 추가할 부분, 뺄 부분을 정리하면 설계의 큰 방향이 만들어진다. 건축가들은 내내 자신이 옳다고 생각하는 대안 하나를 건축주에게 설득하는 방향으로 진행한다. 물론 여러 개의 대안으로 선택의 폭을 넓혀 결정을 신속하게 유도하는 방법도 있다. 어느 쪽이든 결국 돈과 시간 싸움이 된다.

설계의 초반 과정에서 중요한 것은 집의 배치와 주요 공간의 기능, 공간 간의 상호관계, 그리고 집주인의 세세한 요구사항이다. 이 단계에서 이렇게 저렇게 그려보면서 정리되는 건축가의 스케치는 집의 방향을 정하는 중요한 결과물이 된다. 집의 개념과 전체적인 얼개가 여기서 결정된다. 그러니 집이 제대로 되려면 이 단계에서 충분한 시간이 필요하다. 생각할 시간, 다양한 생각과 변덕을 그림과 모형으로 확인하고 재고하는 시간도 필요하다.

내 경우엔 땅 고르느라 고민하다 시간을 많이 쓰는 바람에 막상 본격적인 설계 기간은 석 달뿐이었다. 하지만 땅을 살까 말까만 고민한 게 아니라 땅을 검토하며 자연스레 집의 대략적인 대안과 문제점을 확인했다. 설계 초반 과정의 중요 항목을 땅을 고르며 충분히 정리한 셈이다.

그렇게 땅을 계약하고 나니 계약 전 적절한 대안을 찾지 못하고 필요 이상으로 과도하게 생각하고 걱정했던 자잘한 고민들이 일시에 사라졌다. 계약 전엔 괜찮다 싶어 열심히 스케치하고 모형까지 만들고 나면 그제야 이런저런 단점이 눈에 띄고 다시 원점에서 고민하는, 그런 과정을 일주일에 한 사이클씩 계속 되풀이했고 급기야 더는 할 수 없어 완전히 막막한 기분이 드는 와중에 계약을 했다. 그런데 희한하게도 도장을 찍고 나니 머리가 맑아졌다. 무슨 일이든 도장을 찍어야 쓸데없는 고민이 사라지는 법이다.

대충 그린 스케치 몇 장에는 집 하나에 필요한 중요한 정보가 다 들어 있다. 펜으로 표현하지 못한 부분은 설계자의 머리에 상상의 스케치로 저장된다. 집의 방향, 햇빛의 움직임, 창의 위치, 계단과 동선의 처리, 공간들의 적절한 크기, 합리적인 공사비…… 장차 집에 펼쳐질 다양한 생활의 풍경까지. 빠르게 그리다보면 평면적인 그림은 머릿속에서 3차원의 영상으로 구체화 되고 그 안에 어느덧 사람이 살아가는 모습이 그려진다. 이런 종류의 작업은 원래 충분한 시간 동안 그리고 찢는 일을 반복하다가 이 정도면 후회하지 않겠다는 대략적 결론에 닿아야 끝이 난다.

혹시 어떤 건축가에게든 내 집을 맡겼다면 아무쪼록 충분히 숙고할 시간을 주시길. 칼국수나 수제비도 아닌데 도면 빨리 잘 뽑아달라거나 떠달라는 분들이 여전히 많은 현실이다. 빨리 설계하라고 재촉하는 건 평생 한 번 짓는 내 집, 대충 생각해서 그려달라는 것과 같은 말이니 부디 숙고해보시길.

집짓기의 단계

땅, 설계, 공사. 집짓기의 3단계. 땅을 사고 설계를 하고 공사를 한다. 물론 순서가 언제나 맞는 건 아니다. 이미 땅을 갖고 있는 경우도 있고, 설계 후 공사를 하지 않고 처음부터 공사 업체에 설계까지 맡기는 경우도 있다.

땅을 갖고 있던 사람이 공사 업체에 설계까지 맡기면 집짓기 과정은 간단해진다. 하지만 집 짓는 수고도 그럴까? 원스톱으로 간편해 보이기에 업체도 그걸 강조하며 접객을 하고, 고객도 편하고 합리적이라고 생각한다. 하지만 이 방식은 건축주 입장에서 조금 문제가 있다.

설계 도면이란 집에 관한 정보다. 구조 치수와 크기, 재료와 디테일, 디자인까지 집을 구성하는 요소들이 담겨 있다. 따라서 당연히 건축가와 의뢰인이 시간 들여 고민해서 설계를 결정한 도면을 집짓기의 기준으로 삼아야 한다.

도면이 준비되면 선별한 시공사에 도면을 보내 실제 공사 견적을 받는다. A, B, C 업체의 견적서가 가령 4억 5000, 4억 2000, 3억 9000으로 왔다면 비용의 적정성과 내역의 오차를 잘 살펴서 시공사를 선정해야 한다. 시공사는 본인들이 산출한 내역과 도면에 입각해서 공사를 해야 한다.

건축가도 공사 중 도면을 기준으로 감리를 본다. 집짓기 기준은 도면이기 때문이다. 현장에 따라서는 건축가가 매일 나와서 현장을 체크하는 경우도 있다. 도면에 맞게 공사를 하는지 시공사가 임의대로 변경 못하도록 체크하고 조치하는 역할까지 포함한다. 상식적인 집짓기란 이렇듯 건축가, 건축주, 시공자가 적절하게 본인들의 할 일을 하는 것이다.

그러니 공사 업체부터 선정하는 것은 순서의 오류다. 상세한 도면이 없으니 제대로 된 공사 견적도 없을 것인데 견적도 없이 시공사를 정하는 셈이다. 시공사와 건축가가 동업 관계인 경우도 있다. 건축주 입장에서는 시공사가 공사 중 진행을 제대로 하는 건지 알 길이 없는 위험 부담이 있다. 설계가 되었다 해도 시공사가 제시한 공사 금액이 적절한 건지 아닌지, 비교하는 과정이나 설계자의 냉정한 조언이 생략되므로 객관적인 판단이 어렵다.

우리 앞엔 너무 많은 정보가 쌓여 있다. 홍수처럼 쏟아지는 정보 속에 내게 필요한 것이 뭔지 알기 힘들다. 정보의 부족을 걱정하기보단 좋은 정보를 고르는 선구안을 고민해야 한다. 하지만 어떤 선택을 하더라도 맥락을 잡는 기준은 하나다. 일의 순서를 고민하는 것. 설계는 무엇이고 시공은 무엇인지, 그 둘이 어떻게 서로 협력하면서 적절한 긴장감 속에서 집이 지어져야 하는지 생각해보는 것. 설계와 시공을 분리해 생각하는 것. 그것이 가장 바람직한 집짓기의 출발점이 아닐까 싶다.

편집의 예술

하나의 건축을 두고 그 주체를 '내가……'라고 거리낌 없이 말하는 건축가들이 간혹 있다. 건축은 건축가를 제하고도 구조를 디자인하는 엔지니어, 전등 위치나 수전 위치, 배관 라인을 잡아주는 설비 전문가, 인허가를 처리하는 공무원, 현장 잡부, 건축주, 시공자, 기타 협력 파트너 들에 이르기까지 다양한 협력자와 보조자의 의견과 요구가 뒤섞여 완성된다. 건축물은 어느 것 하나 온전히 나로 시작하여 나로 종결되지 않는다. 이러한 과정 속에서 지어짐에도 당연하다는 듯 '나'라는 주어로 건축물을 말하면 고개를 갸우뚱하게 된다.

어떤 건축이든 전례가 없이 완전히 새로운 것은 없다. 건축이란 이미 수천 년간 축적된 건축 아카이브를 통해 오픈된 디자인 소스에서 선택, 변형, 적용을 통해 건축구법을 제안하고, 그것을 건축주, 협력자, 보조자와의 협의와 조정을 통해 고치고 변경하면서 실제의 건물로 완성해나가는 과정이다. 그 과정에 관련된 누구든 역할 비중을 냉정히 따져본다면 다들 맡은 일을 묵묵히 해나갈 뿐, 건축가라고 해서 더 특별하다고 주장할 이유가 있을지 고민스럽다.

집 짓는 과정에서 건축가는 어떤 집을 지을지 방향을 잡고 집에 대한 정보를 도면으로 작성하여 상상을 현실화하는 일을 한다. 하지만 그와 동시에 상상을 현실로 바꾸는 일에 관련된 많은 협력자들의 여러 가지 생각과 요구를 적절히 반영하고, 조율하며, 선택하고 결합하는 역할을 담당한다. 그래서 건축이란 본질적으로 편집의 예술이다. 좋은 건축가 는 대체로 좋은 편집자다.

집 의 입 면

집의 입면, 즉 집의 외관에 대한 생각이 획기적으로 크게 변화한 계기는 이름만 들으면 다 아는 어느 유명 건축가의 작품(?)을 둘러보다가 우연히 집주인을 만나서 그의 길고 긴 푸념을 듣고서였다.

"집을 다 지어놓고 보니 알았죠. 선생님이 정성 들인 창과 면, 비례 들이 실제로 사는 사람들의 삶과는 별개로 밖에서 어떻게 보이느냐가 목적이었다는 것을요. 저 벽의 창 좀 보세요, 저 애매한 자리에 왜 저런 어정쩡한 크기로 뚫었을까요. 안에서 보면 도저히 이해할 수 없는데 선생님은 이해할 수 있나봅니다. 북창이라 겨울이 되면 한기가 심하게 들어오고 주변에 습기도 많고 튀어나간 창이라 비 오면 물도 들어오는데 말이죠……. 건축가들이 설계한 집이 다 그렇진 않겠지만 자기 고집이 강한 건축가들은 남의 집을 그릴 때 실제로 살아갈 사람 입장에서 고민하기보단 자기 욕심으로 집을 판단하나 싶기도 해요. 그거 무책임하고 위험한 생각 아닌가요."

그 집주인과의 대화 이후 집의 외관을 고민할 때 일차적으로 내 관념

'밖에서 어떻게 보일까'보다는
'안에서 어떤 의미를 갖는지' 생각해보기.

이나 미감보다 거주하는 사람 입장에서 접근해보려 한다. 실제 사는 사람 입장에서 접근한다는 건 외관을 고민할 때 '밖에서 어떻게 보일까'에서 출발하지 않고 '안에서 어떤 의미를 갖는지' 생각하게 되었다는 말이다. 말이 좀 안 되는 것처럼 들려도 외부는 내부로부터 만들어진다. 사람의 겉모습이 속마음의 결과인 것과 마찬가지다.

현 장 의 말

서로 말이 안 통하는 부분을 굳이 이해시키려 애쓸 필요는 없다. 사람에 따라 거의 모든 부분이 소통되는 사이가 있고, 거의 대부분이 소통되지 않는 사이가 있다. 그저 많은 '사이'가 존재하는 것이다. 때로는 그 관계를 유지하는 방법이 침묵인 경우도 있다. 대개의 말은 넘칠 때 문제가 된다.

사람마다 각자의 입장이 있을 것이다. 그래서 흔하게 벌어지는 의심도 불신도 그럴 만해서 그렇다기보단 각자 입장 때문에 속 좁게 흔들리는 것뿐이라고 믿기로 했다. 그래야 덜 밉고, 더 이해할 수 있고, 차라리 안쓰러운 연민의 동력으로 남은 일을 해나갈 수 있으니까.

조금 양보해서 손해 덜 본 느낌을 줄 수 있으면 나름 나쁘지 않은 방법이다. 사은품 받는 기분이랄까. 그런 서비스가 있으면 별거 아닌데도 웃으며 잘 넘어간다. 일단 뭐든 공짜라면 다들 좋아하니까. 결국 그런 걸 잘해야 베테랑 소리를 들을 것이고. 현장 사람들 웃음 끝이 늘 짠한 이유일 것이고.

스냅사진

작업자들이 돌아간 저녁 무렵, 오후의 해가 여전히 강렬하게 비추는 빈 현장을 돌아다니며 몇 컷의 스냅사진을 남겼다. 집을 짓는 현장은 위험하고 지저분하고 복잡한 공간이지만, 조금 달리 보면 땀과 게으름, 만족과 아쉬움, 자책과 희망이 뒤섞인 다채로운 감정의 공간이기도 하다.

내 집을 직접 짓고자 하는 이유는 더는 남들이 정한 기준에 맞춰 살고 싶지 않다는 지극히 인간적인 의지의 표현일 것이다. 시세나 평수, 지역, 브랜드로 값이 매겨지고 나와 내 가족의 삶을 평가하는 일에서 벗어나, 이웃과 비교하며 살고 싶지 않은 독립적 인간으로서의 자연스러운 저항이 바로 집짓기의 동력이다.

삶을 받치는 무대로서의 집, 가족의 마음이 스며 있는 집, 과거와 미래가 공존하는 집……. 집 하나로 우리 가족 모두의 소망을 다 담아내진 못하겠지만 자신들이 살아갈 공간을 하나씩 직접 구상하고 만들어 본다는 행위는 그 자체만으로도 큰 의미를 갖는다. 비로소 내 집을 지으며 누구나, 어떤 가족이나 그들만의 고유한 집짓기의 방식이 있음을

깨닫는다.

현장에서 포착한 낯선 장면들은 집 짓는 이유를 내게 다시 묻는다. 여전히 답변이 쉽지 않은, 그러나 어렵고, 중요한 질문들.

오늘은 무척 더웠다. 장마가 물러나고 한없이 뜨거운 여름으로 접어들고 있다.

벌 써 일 년

땅을 만나고 벌써 일 년이 흘렀다. 땅을 고르고 집을 그려보고 설계하고 허가받고 시공사를 선정하고 착공하면서 집을 짓는 모든 과정 하나하나가, 십수 년간 건축설계를 하며 겪던 남의 집의 그것과는 전혀 다르게 다가왔다. 과정의 순간순간이 마치 내 가족의 역사 한 페이지를 쓰는 느낌이었다.

군데군데 텃밭이 보이는 넉넉한 빈 땅, 우연히 그 근처를 지나다가 옹벽에 걸린 토지 분양 현수막을 본 것이 집짓기의 시작이었다. 현수막 분위기로 봐선 목조주택 전문 시공사가 단지 전체를 일괄해 아파트처럼 파는 건가 싶었지만, 제대로 알아보니 개별 필지를 개인에게 팔고 시공도 개인이 자유롭게 할 수 있는 상황이었다. 현수막을 내건 시공사는 땅 계약과 아무런 관련이 없었던 것이다. 콘크리트 구조의 작은 단독 건물을 염두에 두고 있던 나는 이 땅을 사야겠다고 바로 마음먹었다.

서쪽으로는 골프장 옆으로 난 숲이 끝나는 경계가 있고 그곳부터 야트막한 구릉이 있있다. 주텍기 앞을 지나는 배수로 쪽으로 흐르는

내리막 지형이어서 오다가다보면 텃밭을 가꾸는 동네 노인들의 모습이 종종 눈에 띄었다. 맞은편에는 시립어린이집이 있고 건너편에는 올망졸망한 상가주택들이 모여 있는 조용한 동네였다. 부지에서 가까운 거리에 지하철역이 있고 그 주변에는 대규모 아파트 단지와 고급 타운하우스가 형성되어 있었다. 주말마다 운동 삼아 옆 동네 성당에 미사를 보러 다니다가 집 지을 땅을 만났다. 오가면서 괜찮다고 생각하던 이웃 동네에서 정착할 터를 만났다. 인연이란 참 알 수 없는 것이다.

오늘 오후에 골조가 막 끝난 2층으로 서연이를 데리고 올라갔다. 서연이는 몇 달 후 자기 방이 될 계단 앞에서 신기한 듯 허공을 한참 바라봤다. 벽 없이 바닥만 있는 공간 위에서 무슨 상상을 하고 있을까. 어른이 되어도 오늘 여기서 바라본 것들을 이야기할 수 있을까. 살다보면 한 번은 오늘을 추억하는 날이 올 것이다.

지붕창

집의 서측 방향은 막힘 없는 열린 경관이다. 작년 가을, 땅을 살까 말까 고민하며 오가던 시기에 저녁 노을이 인상적인 날이 있었다. 그때 2층이나 옥상에 서쪽 방향으로 테라스를 두면 참 좋겠구나, 생각했다. 땅을 사고 설계를 진행하면서 관할 구청 공무원과 사전 협의를 하다가 옥상에 테라스를 둘 수 없다는 걸 알았다. 강제 조항이 명확하게 있는 건 아니었지만 모호한 옥상 규정에 따르면 구청 자체적으로 다락과 연결된 옥상 테라스를 금지한다는 것이었다. 어떤 식으로든 테라스를 두고 싶었던 나는 다양한 방법을 제시하며 공무원과 논쟁을 벌이고 설득해봤지만 결국 만들 수 없었다.

다락이 건축법상 면적에 포함되는 거실이 아니라는 게 그 이유인데 거실이 아니므로 다락은 옥상과 연결될 수 없다는 논리다. 하지만 옥상 테라스가 건축법상 거실로만 연결되어야 한다는 법령도 없다. 결국은 이미 허가 받은 다른 집들과의 형평성 문제가 있으니 이 집만 허용해주기가 어렵다는 이야기였다.

납득할 수 없는 이유로 테라스를 포기한 채 허가를 받고, 공사를 진행하다가 엊그제 다락 바닥 골조공사를 끝내고 올라가서 서쪽 하늘을 바라보니 테라스의 꿈이 다시 꿈틀거리기 시작했다. 시원한 바람까지는 어렵더라도 이렇게 멋진 하늘은 봐야 되지 않을까. 옥상 테라스는 둘 수 없으니 지붕에 큰 천창을 낼 마음을 먹고 시공자에게 말했다.

"지붕에 창을 내어 열 수 있게 하면 좋겠는데 단순한 큰 창이어도 좋을 것 같습니다."

시공자는 눈을 동그랗게 뜨고 갑자기 뭔 소리 하느냐는 표정으로 나를 쳐다보며 되물었다.

"지붕 골조 시공 전이니 어려운 작업은 아닌데, 지붕에 큰 창을 내면 겨울엔 결로가 생길 수도 있고, 여름엔 많이 더울 텐데 괜찮겠어요?"

어떤 의미에서 집 짓는 과정은 기대와 두려움을 맞바꾸는 시간이다. 선택의 결과는 때로도 실패할 수도 있고 성공할 수도 있다. 여름날 서쪽 하늘은 엄청난 열기를 가져올 것이다. 그리고 비가 많이 오는 장마철에는 누수가 생길 수도 있다. 하지만 그런 예측 가능한 위험들만 참을 수 있다면 큰 지붕창은 밤엔 밝은 달과 별을 볼 수 있게 해줄 것이고, 한여름 소나기가 올 땐 제대로 된 비 구경을 할 수 있을 것이고, 추운 겨울 낮엔 풍부한 채광을 받아들여 따뜻한 온기를 다락에 제공할 것이다. 선택의 결과는 역시 살아봐야 알게 되겠지만.

아름다움이란

비가 부슬부슬 내리는 주말, 현장에선 콘크리트 면 보수 및 할석劑石. 돌을 갈라내는 일 부위를 확인 중이다. 콘크리트 골조는 형틀 속에 레미콘을 부어 굳힌 것이라 여기저기 잔상처도 있고 실수의 흔적도 고스란히 드러난다. 자갈, 모래, 시멘트를 섞은 게 레미콘인데 부었을 때 잘 섞어주지 않으면 재료끼리 분리되어 자갈이 툭툭 튀어나온 부위가 군데군데 보인다. 시멘트로 덮어주고 그라인더로 갈아서 면을 손봐야 할 것 같다.

비가 며칠 내내 내리니 받쳐놓은 동바리나 형틀 합판들을 일일이 떼고 청소, 정돈하는 일도 시간이 오래 걸린다. 실내에 어지럽게 흩어져 있던 부속 자재들을 밖으로 내가는 일도 보통 일이 아니다. 작은 현장에서 집 부피만큼의 엄청난 쓰레기들이 나오는 걸 보면 신기할 정도다.

조금씩 정리되어가는 공간 속에서 내부 골조가 속살을 드러냈다. 눅눅한 공기, 빗소리, 질감과 빛깔, 투박한 벽과 계단들……. 몇 달 전 도면을 그리면서 이해하고 상상하고 아름답다고 느낀 것들이 지금 이 공간에 잘 구현되고 있는 걸까.

건축가 페터 춤토어는 말했다.

'아름다움이란 보는 사람의 생각에 달려 있다'라고.

집짓기가 끝날 즈음, 나의 선택은 과연 가족들의 공감을 끌어낼 수 있을까.

하프 타임

이제 골조 공사가 끝나고 마감 공사를 앞두고 있다. 전체 공정으로 보면 절반이 지나가는 상황. 대청소를 끝내고 나니 공간들이 구석구석 더 잘 드러난다. 외벽의 벽돌 마감과 외단열 마감, 지붕 공사를 맡을 시공팀이 현장을 보러 왔다. 미리 현장을 실측해 작성한 내용으로 견적을 받고 재료와 재료가 만나는 조인트 부분 처리에 대해 의논했다. 제곱미터 당 단가가 몇 천 원만 차이가 나도 비용 대비 성능을 맞추려면 머리를 이리저리 굴려야 한다.

운이 좋게 마음에 드는 팀을 만나더라도 비용이 맞지 않으면 인연이 닿지 않는다. 마음에 드는 사람들이 비싼 건 당연하다. 물건 살 때랑 똑같다. 안 될 때 빨리 포기하고 아쉬움을 접는다. 싸고 좋은 건 존재하지 않는다. 그럴 때마다 안 되는 것은 빨리 포기하고 아쉬움을 접는 게 어렵다. 결국 일을 함께할 팀에게 믿음과 힘을 실어주어야 되니까.

아무리 작은 집 하나라도 사람 손이 안 닿은 데가 없고 그 손이 닿은 흔적은 헤아릴 수 없다. 많은 고민과 수고를 거쳐 도면을 완성한 설계자의 손, 도면을 보고 현장에서 먹줄을 튕긴 손, 형틀을 짠 손, 미장을 하고 단열재와 마감재를 붙이고, 전기선을 빼고 칠을 하는 손까지, 벽 하나를 완성하려면 수많은 손이 거쳐간다. 그리고 그런 손의 반복이 모여 집을 이룬다. 문득 이 집을 위해 거쳐간 이름 모를 손들의 무지막지한 겹침을 상상해보니 잠깐이지만 숭고한 느낌마저 든다.

알몸이 드러난 지금의 골조는 겉으로 품질을 따지자면 흠잡을 데도 많고 마음에 안 드는 구석도 많다. 하지만 거의 매일 현장을 들르며 그들의 수고를 옆에서 지켜봤기에 자잘한 상처나 실수는 일하다 생긴 자연스러운 흔적으로 이해하려 한다.

고맙기도 하고 아쉽기도 하다. "고맙습니다" 하고 돌아서면서 왜 더 잘하지 못했을까 의문도 든다. 남의 손을 빌려야 하는 일이라 어쩔 수 없이 올라오는 불만은 스스로 다스려야 한다.

집은 보이는 겉치레가 중요한 게 아니라 눈에 안 보이는 속이 중요하다. 속부터 바깥까지 그 사이를 채우는 손과 손이 균일한 정성으로 쌓여야 좋은 집이 될 것이다. 겉으로 드러나는 걸 잘하는 현장은 우리 눈엔 잘하는 듯 보여도 안 보이는 속은 겉만큼 신경쓰지 않는 경우가 꽤 많고 그 반대의 경우도 있다. 어차피 쓸 돈이 정해져 있기 때문이다.

선택과 집중을 한다면 눈에 보이는 데 돈을 쓰는 게 장사꾼에겐 상식일지 모른다. 만약 비용은 많지 않은데 속과 겉 모두를 잘했다면 그건 누군가의 보이지 않는 희생과 손해, 정성이 있기 때문이다.

솔직히 내 집을 짓기 전까지는 집의 속살까지 깊게 헤아려본 적이 없었다. 결국 마감으로 포장될 것이고, 어차피 잘못된 게 눈에 보인다 해도 그걸 따지고 드는 순간 소규모 현장의 현실상 끝없는 지적이 뒤따르기 때문이다. 그럴 때마다 늘어나는 돈과 복잡한 협의, 건축주의 고민, 길어지는 시간을 감당하기란 부담스럽다. 끝내 건축주와 시공자는 피곤해하고 건축가만 이상한 사람이 되어버리는 현실 속에서 그 너머의 문제를 짚는 일은 늘 쉽지 않다.

하지만 내 집을 짓다보니 집짓기의 실체랄까, 집의 속과 겉이 현장마다 어떻게 다루어지는지에 대해 많은 생각을 하게 된다. 내 집을 통해 타인의 집을 고민한다는 건 좋은 경험이다. 개인적인 입장에서도 건축가 경력의 하프 타임인 것이다. 무승부로 비기거나 패한 전반전의 문제점들을 잘 헤아려서 후반전엔 좀더 좋은 경기를 하고 싶다.

내 상식으로는 (물론 내 상식이 문제일 수 있지만) 말도 안 되는, 생전 처음 보는 철근 배근이나 기준 미달 단열재를 사용하는 일이 인근 현장들에선 빈번하게 벌어진다. 사실 당장 큰 문제가 생기지는 않을 것이다. 멋진 마감재로 감춰버리니 알 방법도 없다. 하지만 해가 지날수록 골치 아픈 문제가 하나둘씩 나타날 수 있다.

그 상황의 진실을 알면 절대 모른 척 할 수 없는 장면이 꽤 흔하게 벌어지는 게 소규모 건축 현장의 일반적 현실이다. 어차피 예산은 정해져 있고 대부분 넉넉하지 않다. 예산 안에서 재료와 시공법은 결국 건축가, 시공자, 건축주의 선택에 달려 있다. 현장을 보면 그 현장의 건축주가 얼마나 합리적인 사람인지, 시공자의 마인드가 어떤지, 건축가는 역할을 잘하고 있는지, 건축가가 있기는 한 건지…… 알 수 있다.

정상적인 현장이라면 이해 관계자들의 다른 생각, 다른 취향과 욕심들이 뒤섞일 수밖에 없다. 논쟁과 중재로 계속 떠들썩한 이야기들이 오가는 회의 테이블 같다. 그런 현장이 건강하다. 하지만 그런 현장을 찾아

보기는 쉽지 않다.

집짓기 과정의 절반을 지나가는 중인데 솔직히 이젠 잘 모르겠다. 나는 왜 집을 지으려고 한 것인지, 이 집이 나와 내 가족이 원한 그 집인지. 하루에도 같은 질문을 여러 번 던진다.

예전에 누군가 설계를 상담하러 사무실에 오면 앵무새처럼 "내 집 짓는 마음으로 해드릴게요" 했었다. 그런데 그 말은 사실 그 마음을 짐작조차 못하는 사람의 허풍이 아니었나 싶다. 지금은 이렇게 말할 수 있을 것 같다.

"내 집 지을 때보다는 좀더 잘해보겠습니다."

지금 겪고 있는 자잘한 시행착오만 되풀이하지 않고 적절히 보완하면 다음 집은 확실히 더 나은 집이 되지 않을까 싶다. 역시 해봐야 아는 일이지만.

휴일 같은 계단

계단은 핏기 잃은 풍경 속에서 홀로 유연하게 움직이며, 동적인 에너지를 조절하여 높이가 다른 공간들을 구체적으로 연결해준다. 꽃가루 풀풀 날리던 이십대의 어느 봄날 일없이 거리를 쏘다니다 캔 맥주 하나 들고 세종문화회관 넓은 계단에 아무렇게나 걸터앉아 길거리를 바라본 적이 있다. 그때의 느낌을 잊을 수 없다. 바쁜 시민들이 분주히 오가고 있었다. 그때 불어온 봄의 미풍이 이마를 스치며 지나갔다. 그리고 맞은편 교보 빌딩의 거대한 노란 벽은 노을빛에 점점 황금색으로 물들어갔다.

무심한 계단 하나에 추억이 담기고 그것이 이유 없이 특별해진 기억. 그곳을 지나칠 때마다 오랜 기억 하나가 들추어지면 제목이 기억나지 않는 어떤 노래의 멜로디를, 종일 흥얼거리는 아련한 기분이 된다.

넓게 시작해서 좁게 올라가는 계단을 만들려고 한다. 아침 햇살에 갈라진 그늘과 볕이 계단을 둘로 나눌 것이다. 집을 짓고 나면 넓은 계단 턱에 작은 화분을 몇 개 놓아야겠다. 살면서 만나는 어떤 계단은, 이어지는 평일 끝에 놓인 한가로운 휴일 같다.

진실은 어디에

어디든 사람 사는 데는 다 그렇겠지만 건축 업계만큼 진실 같은 거짓말, 거짓말 같은 진실이 뒤죽박죽인 곳도 드물 것이다. 진실인가 하면 거짓이고 거짓인가 하면 진실이다. 더러는 진실은 진실이고 거짓말은 거짓말로 끝나기도 하지만 대개 진실은 과연 무엇일까, 미궁 속에 빠져버리곤 한다. 물론 캘수록 머리만 아프므로 더 알려고 하지 않는 경우도 허다하지만. 가령 이런 식이다.

어디에 예쁜 벽돌 없을까 하며 고급 주택가를 돌아본다. 한참을 헤맨 끝에 오묘한 질감의 벽돌집을 발견하고 그 벽돌은 대체 어디서 만들었을까 궁금해졌다. 알 만한 곳을 수소문해 몇 군데에 물어보니 여러 말이 나온다.

"아 그 집, 나랑 친한 A벽돌 사장이 납품했어."

이 말이 진실이라면 더 말할 것도 없겠다. 하지만 대부분은 그렇게 간단치가 않다. A벽돌 사장에게 모른 척하고 직접 전화를 걸어 물어본다.

"소문 듣고 전화 드렸는데요, 그 집 벽돌이 사장님네 벽돌인가요?"

"아, 그 집 벽돌로 말하자면 강원도 B공장에서만 찍어서 구하기 어렵기로 유명한…… 공사도 난해해서 저희 시공팀이 고생 고생해서 완성했지요."

이후 시간이 좀 흘렀다. 다른 일로 C벽돌 총판 사장님을 만났는데 그 집 얘기가 나왔다.

"그 집을 A벽돌에서 했다고요? 아이고 그 양반 나이만 많지 제 밑에서 일 배운 사람이에요. 그 집 제가 했어요. 그 벽돌 최초로 납품하고 시공한 게 접니다. 겉으로는 무슨 무슨 상 받고 잡지에 나고 좋았는데 사실 건축가가 건축주 예산에도 안 맞게 어려운 벽돌을 쓰는 바람에 공사할 때 아주 애먹고 A/S도 여러 번 했어요. 그러거나 말거나 건축가는 그 집으로 상도 타고 유명해졌죠. 집주인은 부글부글하시고…… 아 물론 저한테는 엄청 고맙다고 하시죠."

얼마 후 그 집 앞을 서성이다가 집주인과 우연히 만났다. 그리고 또 다른 진실(혹은 거짓)을 알게 되었다.

"그 사람들이 그렇게 말합디까? 그 벽돌 제가 붙인 거 하늘이 알고 땅이 아는데……. 처음에 A벽돌이 와서 했는데 영 이상하게 쌓아놔서 C벽돌에서 거의 다시 하다시피했고, 이젠 됐나 싶었는데 입주 후 몇 개월 만에 이쪽 벽 배부르고, 일 년 지나니 저쪽 벽에 대각선으로 크랙 가고 그다음엔 물 들어와 발수제 다시 바르고 누수 잡고…… 그 짓을 지금까지 합니다. 이 벽돌로 말하자면 제일 잘 아는 사람이 바로 나예요."

여기까지 들은 후, 여전히 진실이 뭔지는 알 수 없지만 일단 사연이 너무 복잡해서 그 벽돌은 안 쓰기로 했다.

벽돌집

벽돌은 자체로는 흔한 재료지만, 벽돌을 제대로 시공한 집은 흔치 않다. 쌓는 방법은 간단해 보여도 제대로 정확하게 시공하려면 간단해 보이는 벽돌 공사도 난이도가 높다. 하루에 쌓는 양도 정해져 있어 대략 13단, 높이 1.5미터 이상은 쌓지 않는다. 사이사이 접착제 역할을 하는 모르타르가 굳는 시간이 필요하기 때문이다. 제대로 된 벽돌집이 되려면 먼저 좋은 벽돌이 필요하고 그다음으로 벽돌과 골조를 긴밀하게 연결하는 부속 철물들로 표준 시방서에 맞게 요령 피우지 않는 정확한 시공을 해야 한다.

결국엔 벽돌 쌓는 작업자의 손이 중요하다. 한 장씩 사람 손으로 쌓아올려야 하기 때문이다. 평범한 작은 집 하나에도 수천 장의 벽돌이 필요하다. 그래서 잘 지은 벽돌집은 벽돌을 쌓은 사람의 성실함과 인성을 보여준다.

벽돌을 선택하기 위해 답사를 다녀왔다. 원하는 무채색의 벽돌을 찾기 위한 최소한의 노력이랄까. 기대했던 장당 100원짜리 일반 시멘트로 지은 벽돌집은 유명 건축 잡지에서 멋진 사진으로 봤을 때와 달리 거칠고 투박해서 주택에는 아무래도 어울리지 않는다는 결론을 얻었다. 역시 사진과 실제는 다르다.

차선으로 생각한 콘크리트 벽돌의 질감과 색감, 내구성은 예상보다 좋았다. 다만 일반 점토 벽돌에 비해 무게와 크기가 부담스럽고 컨트롤에 난이도가 있는 편이라 작업자 실력에 따라 시공 품질이 천차만별이라는 위험 요소가 있다. 자재가 아무리 좋아도 사람과 돈이 그걸 감당 못하면 소용 없다.

결과적으로 가장 마음에 든 벽돌은 스페인산 수입 벽돌인데 실제로 보니 사진보다 더 비율이 좋고 표면이 매끄러우며 질감이 화사했다. 회색 벽돌은 잘 쓰면 은은하고 소박한 멋을 내지만 잘못 쓰면 집이 초라해 보일 수도 있다.

흑과 백 중간 어딘가에 놓인 회색의 매력은 대충 보면 비슷해 보여도 구별할 수 있는 색감의 종류가 무궁무진하다는 데 있다. 회색 벽돌 한 장에도 수많은 색이 섞여 있다. 그날의 빛에 따라 벽돌에 머금은 습기에 따라 조금씩 달라지는 회색의 미묘함이 집의 생기를 만들 것이다. 문제는 이 벽돌 역시 다루기 어렵다는 것. 이래저래 벽돌 작업자에게 욕을 좀 먹게 생겼다.

공사비

두서없는 이야기 하나. 친한 지인들이나 설계 진행 중인 건축주들에게
는 적나라하게 알려줄 수도 있지만 그게 아니라면 모른 척 할 수밖에 없
는, 아는 사람은 다 알지만 모르는 사람은 지금도 모르고 앞으로도 계
속 모를, 설마 그럴 리가, 할 만한 그런 이야기. 해외에서 유학한 엘리트
건축가인 줄 알았는데 학위를 속인 사기꾼이라든가, 공인된 전문가인
줄 알았는데 모델하우스에서 영업하거나 혹은 자재를 파는 등 이것저것
하던 브로커라든가, 자격증까지 있는 일류 기술자인 줄 알았는데 못 하
나 제대로 박지 못하는 허당이라든가.

건축의 ㄱ자도 모르는 사람도 당신 살 집 직접 그려보라 하면 모눈종
이에 그럴듯하게 그리는 게 현실이다. 그러다보니 부동산 사장님도 건축
가가 되고, 시공에 ㅅ자도 모르는 업자가 목수 하나 데리고 공사를 하
고, 미대 나온 옆집 사람도 건축 디자이너 행세를 하고, 우리 집 초등학
생도 게임 속에서 멋진 집을 짓고 도시도 짓는다.

농담이면 모르겠는데 전공자가 아니어서 오히려 선입견이 없고 자유

로운 사고를 한다든가. 모르는 게 약이라고 모르니까 더 순수하게 일할 수 있다는 식으로 농담인지 진담인지 모를, 말 같지 않은 말들이 업계에 소문처럼 떠다니는 걸 보면 가끔 등골이 서늘해지기도 한다.

주변에서는 건축가가 집을 짓는다고 하면 당연히 직접 지을 거라는 귀여운 고정관념을 갖고 있지만, 시공은 설계가 아니어서 경험 많은 시공 전문가의 도움 없이 무탈하게 잘 짓기란 쉽지가 않다. 그래서 현장을 운영해줄 시공자를 정해 현장을 맡기고 설계자이자 건축주인 나는 일이 제대로 진행되는지 점검하고, 실제 돈이 얼마나 들어가는지 확인하면서 내 할 일만 하고 있다.

건축가가 현장에서 하는 역할은 기본에 관한 것이다. 잘못된 시공 찾아내기, 선택사항에서 결정하기, 대충 넘어가지 못하게 하기, 기본에 어긋난 것 바로잡기, 아이디어 제시하기, 그리고 문제와 마주칠 때 해결방안을 시공자와 같이 고민하기. 예상보다 잘된 부분도 있고 잘 안 된 부분도 있다. 하지만 해야 할 걸 안 하거나 안 해도 될 걸 더하는 경우는 없다. 물론 다른 소규모 주택 현장의 경우 시공자에게 모든 걸 맡긴 건축주 입장이라면 꼭 해야 할 것이 무엇이며 안 해도 될 것이 무엇인지 알 길이 없긴 하다. 정신 건강을 생각한다면 그저 시공자를 믿고 웬만한 건 봐도 못 본 척하는 게 상책일지도 모른다.

이럴 때 건축주 입장에서는 설계자나 감리자 역할을 하는 건축가가 중요한데 대부분의 소규모 현장은 부족한 예산 탓에 사실상 견제할 사람 없이 시공자에게 모든 걸 맡겨놓는 게 현실이다.

공사비 운영의 원칙은 하나다. '굳이 안 해도 되는 건 생략하고 꼭 해야 하는 건 한다.' 간단한 상식이지만 의외로 잘 되지 않는다. 당연한 말

당연하지만 지키기 어려운 원칙,

'굳이 안 해도 되는 건 생략하고 꼭 해야 하는 건 한다.'

계산기를 두드려보면 저절로 알게 된다.

이지만 안 해도 될 것도 하고 꼭 해야 하는 것도 하려면 돈이 더 든다. 넉넉한 돈을 갖고 스스로 직접 짓는 게 나을 수도 있다. 돈을 아끼면서 잘 지으려면 안 해도 되는 것을 아껴서 꼭 해야 하는 것에 잘 사용해야 한다. 무슨 일이든 돈 없는데 다 잡으려고 하면 탈이 나게 되어 있다.

집짓기는 어차피 모자란 금액 안에서 매 순간 선택을 통해 좋은 결과를 만들어내는 과정이다. 고만고만한 주택을 짓는 건축주들이 가진 돈은 다 고만고만하다.

서울을 조금만 벗어나면 단독주택 지역들이 많다. 잠깐만 둘러보면 별의별 현장이 다 있다. 안 해도 되는 건 당연히 안 하고 꼭 해야 하는 것도 안 하는 현장이다. 이 경우는 너무 저렴한 공사비로 계약했거나, 건축주가 시공자에게 뭔가를 요구하기가 어렵게 계약을 한 경우다. 간혹 굳이 안 해도 되는 것도 하고 꼭 해야 하는 것도 잘하는 현장도 있다. 이 경우는 바람직하지만 예상보다 돈이 더 든다. 이런 현장은 시공자가 실력 좋은 엔지니어인 경우가 많고 단기적인 이윤보다 투자하는 개념으로 멀리 보고 집을 짓는다.

결국 문제는 굳이 안 해도 되는 건 하는 것 같은데 꼭 해야 하는 건 슬쩍슬쩍 빼먹는 현장이다. 이 경우는 내실보다 겉으로 보이는 결과가 중요하기 때문에 발생한다. 이런저런 홍보나 마감재의 비중이 크다. 그에 비해 마감으로 가려지는 집의 구조, 설비, 단열재, 방수 등 성능과 직결되는 부분에서 아쉬운 면이 많다.

그럼, 나는? 굳이 안 해도 되는 건 생략하고 꼭 해야 하는 건 잘하려고 노력한다. 예산이 넉넉하지 않기 때문이다. 보이지 않지만 내구성과 식실되는 구조나 단열, 방수, 창호는 중요하게 생각하고 집 성능에 직접 영향 없는 부분은 일단 욕심을 버렸다. 현장이 잘 돌아가게 하는 유일무이한 동력은 돈이다. 돈이 정성도 만들고 품질도 만든다.

아이들로부터

아이의 눈은 작은 우주 같다. 망원경 속 밤하늘처럼 새까만 눈동자, 그 하늘에 뿌려진 은하수처럼 천진난만한 표정들. 아이가 없었다면, 하고 싶은 말을 서툴게 한다고 대화할 수 없는 건 아니라는 걸 모르고 살았을 것이다. 아이에게 대화란 생각을 전하고 싶은 '간절함'의 다른 말. 지금보다 더 어렸을 때 막내 선우는 말문이 막히면 마음을 담아 "선우, 선우" 하며 자기 이름부터 힘줘 말했다.

아이들의 대화법은 눈으로 먼저 말하고 그다음, 언어로 말한다. 아이에게도 눈은 마음의 말이고 언어는 머리의 말이다. 마음이 늘 머리보다 한발 앞서간다. 무엇을 원하는지, 뭘 하고 싶은 건지, 아이가 마음으로 말할 때 "뭐라고?" 되묻지 않아도 마음으로 알게 되는 것들이 있다.

굳이 설명하지 않아도 알 수 있는 말들. 건축주와 건축가가 나누는 대화도 이랬으면 좋겠다.

어젯밤 서연이와 이야기하다 느낀 게 하나 있다. 칭찬은 어렵고 험담은 쉽다는 것. 나이 들수록 힘담하는 기술은 날로 좋아져서 칭찬 같은

때때로 건축주와 건축가의 대화가 아이들의 대화법을 닮았으면 한다.

되묻지 않아도 마음으로 알게 되는 것,

굳이 설명을 늘어놓지 않아도 되는 것 같은.

험담도 다들 잘한다. 간혹 진짜 험담을 칭찬으로 알아듣는 통에 당황스럽기도 하고. 진지한 칭찬을 자연스레 건네는 사람을 점점 보기 힘들다. 무슨 이유에서인지 칭찬에는 서툴고 험담에는 능숙해진다.

좋은 걸 모른 척하고 아닌 걸 좋다고 하며 살다보면 스스로 무슨 생각을 하는지 모르는 사람이 되어간다. "수고하셨습니다" "고맙습니다" "당신이 있어 다행입니다" 정도면 충분하지 않을까. 아이와의 교감을 생각하다 사회적 교감에 어려움을 겪는 어른의 문제 역시 칭찬의 결핍에서 출발하는 건 아닐까 생각해봤다.

칭찬은 받은 만큼 돌려줄 수 있는 것이다.

집짓기는 결국 마음 공부

집짓기를 진행하면서 남기고 싶고, 나누고 싶은 이야기를 틈나는 대로 쓰고 있다. 이런 글들이 다른 이들에게 어떤 의미로 받아들여질지는 잘 모르겠다. 다만 이름 모를 어떤 가족에게는 가장 중요한 사건일지 모를 집짓기에 대해서, 소소하나마 과정의 기록은 필요하다는 생각이다.

어제는 애써 주문해 붙여놓은 인방용 앵글을 철거하고 다시 제작해서 벽돌을 쌓기로 했다. (인방은 기둥과 기둥 사이를 말하며, 외벽에 벽돌을 쌓을 때 큰 창의 상부 인방에 벽돌을 받칠 수 있게 ㄴ자 형강을 구조재로 설치한다.) 전달에 오류가 있었는지 요청한 치수대로 앵글이 제작되지 않은 탓이다. 앵글 부착 전에 검측을 못한 게 실수였다. 아침부터 조적 팀이 의욕적으로 몰려와서 벽돌 쌓기의 첫날은 활기차게 시작하는 듯했지만 뜻밖의 상황에 한 시간 만에 철수하고 일주일 후를 기약하게 되었다.

현장은 늘 예측불허다. 중요한 것은 문제가 안 생기는 게 아니라 문제가 생겼을 때 냉정하게 결정을 내리는 것이다. 문제가 생긴 건 아쉽지만 이후 대처는 나름 신속하고 프로페셔널했다. 이것이 그나마 앞으로 남은 공정에 든든함과 기분 좋은 희망을 갖게 했다.

골조가 끝난 집은 아직 마감 재료가 안 붙은 상태지만 외부 형태와 내부 공간이 다 나온 터라 동네 분들, 집 지으려고 구경 다니는 분들 눈에 띄는 모양이다. 내가 시공자인 줄 알고 집짓기를 문의하는 분들의 방문과 메일이 늘었다. 아울러 주변 민원도 늘었다. 시끄럽다, 먼지 날린다, 아침에 공사하지 마라 등등. 집짓기 현장 스물두 개가 모여 있는 신축 단지의 입구 첫 집이라 그런지 다른 집 공사 현장에서 나는 소음, 먼지까지 죄다 우리 집 민원으로 연락이 온다.

집짓기는 본질적으로 마음 공부다. '집을 짓다 십 년 늙는다'는 명언은 반은 맞고 반은 틀리다. 집짓기를 막 시작한 초반에는 심한 마음고생을 할 수도 있다. 아닌 척 하지만 집짓기를 통해 이뤄야 할 뭔가가 있고 기대하는 꿈이 있으니까. 그런 높은 기대가 집짓기를 시작한 이유이기에 포기하거나 절충하는 것은 꽤 어려운 일일 수밖에. 이걸 위해 시작했는데 이걸 못하면 안 짓고 말지 하는 생각이랄까. 그러다보니 초반까지는 기대치가 점점 상승하고 욕심이 단단해지면서 절대 물러나지 않겠다는 자세로 임하게 되고, 또 그런 각오가 오히려 마음을 힘들게 한다.

처음부터 생각대로 흘러갈 수도 있지만 대부분 집짓기는 기대한 것이 변하고 원래 계획이 수정되는 과정의 연속이다. 누구는 그런 게 집짓기의 진짜 재미라고 속 편한 모험가처럼 이야기한다. 하지만 생각대로 되지 않으면 못 견디는 이들에게 그런 예측 불가능한 상황은 쉽게 받아들여 처리할 수 있는 일이 아니다.

그럼에도 그럭저럭 초반을 잘 넘기고 중반에 접어들기 시작하면 집짓기는 고통만 주는 요물이 아니라 다양한 생각거리를 던지면서 내 마음을 거울처럼 보게 하는 특별한 경험임을 이해하게 된다. 꼭 생각대로 잘 되진 않더라도 조금씩 상상이 현실이 되어가는 성취감이 있다. 걱정한 것보다는 나쁘지 않고 곳곳에 예상치 못한 배움도 있다는 게 집짓기의 역설이자 즐거움이 아닐까.

마음은 내려놓으려 애쓸 때는 잘되지 않지만 이런저런 사건을 통해 크고 작은 자각이 쌓이면 오히려 점점 가벼워진다. 그리고 그런 우연성 과 예측 불가능한 상황에서 재미를 느끼기도 한다. 재미 하나하나가 모 여 더 좋은 결과로 이어지는 확신이 생기게 되면 계획하지 않더라도 상 황 속에서 문제가 저절로 풀린다는 것도 알게 된다. 집에 대한 믿음이 싹 트는 것이다.

내 집을 지으면서 건축을 보는 관점도 조금 변하는 것 같다. 이전까지 는 정해진 규칙을 만들고 계획을 미리 세우고, 그걸 반드시 실행하려 집 착하면서 매사를 예상대로 움직이게 하려고 많은 에너지를 소모하며 살 았다. 그러나 이제 시공자 못지 않게 현장을 오가다보니 현장 스스로 해 결하는 자정능력을 믿게 되었다. 내 욕심에 못 이겨 난리를 쳐봐도 결과 에 별 도움이 안 되는 부분이 있다는 것도 이젠 인정하게 되었다.

집 짓는 일은 혼자 할 수 있는 일이 아니고 어찌 되었든 여럿이 힘을 합쳐야 하는 일이다. 일을 좋은 방향으로 끌고 가려는 정직한 힘들이 모 여야 하고 타인의 생각과 의도를 믿어야 한다. 집짓기를 마음 공부라고 하는 이유는 나 이외에 누군가를 진지하게 믿는 것 자체가 익숙하지도 않고 쉬운 일도 아니기 때문이다.

집을 짓다가 마음 다치고 늙었다는 생각이 든다면 믿어야 하는데 믿지 못한 탓이다. 비록 겁먹고 집짓기를 시작했어도 오히려 정신이 더 강건해지고 좋은 경험이 되었다면 복잡하게 생각하지 않고 나 이외의 것을 믿어준 덕이다.

　세상일이 다 그렇겠지만 집짓기는 나사 하나 박는 것부터 문고리 달고 전등 달고, 커다란 벽을 만들고 1만 장이 넘는 벽돌을 쌓는 것까지 죄다 남을 거쳐야 한다. 그렇게 하나하나 만들어지는 걸 눈앞에서 보게 되면 누구라도 절로 겸손해진다. 별 뾰족한 수가 없는 것이다.

수고하셨습니다

육체 노동을 하며 살아가는 이들은 정도의 차이는 있지만 적어도 땀 흘린 만큼 번다는 삶의 원리가 자연스럽게 몸에 밴 사람들이다. 그들은 공짜를 모른다. 인생을 몸으로 체득해왔다. 그들은 그런 체득을 거창하게 철학이나 가치관으로 포장하지 않는다. 한발 떨어져 감상평을 늘어놓는 먹물이나 말만 앞서는 허풍쟁이가 넘치는 세상이지만 먼지 날리는 현장에는 여전히 몸으로 살아내는 이들이 많다. 많든 적든 돈을 받으면 몸을 조금이라도 움직여야 한다고 생각한다.

진짜들은 살아온 이력을 공치사하며 잘난 척하지 않는다. 언제나 힘을 써야 하므로 머리 굴리고 말하는 데 쓰는 힘을 가급적 아낀다. 무표정하게 하나씩 해나간다. 성질내고 하기 싫어 인상 써봤자 답 없다는 걸 안다. 현장의 삶이란 지름길이 없는 삶이다. 잔머리 굴려본들 답은 언제나 하나다. 제대로 만들어야 한다. 못하면 하자다. 다시 해야 한다.

작은 것 하나라도 사람 품이 들고 수고가 필요하다. 실제 집을 짓는 건 집주인도 아니고 건축가도 아니고 시공 책임자도 아니다. 그들은 말을 할 뿐 몸을 쓰지는 않는다. 몸을 쓰는 이들에게 가장 힘이 되는 말은 "수고하셨습니다"이다.

집을 잘 짓고 싶다면 일단 현장을 존중하자. 한 가지 일을 오래한 사람들에게는 나름의 태도가 있다. 만약 어떤 집주인이 집을 엉터리로 짓고 싶다면 쉬운 방법이 하나 있다. 현장에서 거들먹대고 변덕을 부리며 주인 행세하면 된다. 싫은 인간에게 그들은, 힘을 최대한 아끼는 걸로 복수한다. 손끝에 정성이 없어지는 것이다.

중재자

현장에서 건축가의 역할 중 가장 중요한 덕목은 중재다. 대개 중재란 잘
되거나 안 되거나 조연의 역할이므로 잘해야 본전이다.

사람이 하는 일이라 예상하지 못한 변수도 많고 작은 현장 하나에도
크고 작은 일이 생긴다. 이 사람 이야기를 들으면 이 사람이 딱하고 저
사람 이야기를 들으면 저 사람이 딱하다. 능숙한 중재자는 모두 자기 입
장을 이야기할 때, 자기 입장을 내려놓고 상황을 바라본다. 중간에 서서
기준을 잡아 서로를 이해시키고 일이 앞으로 나아가게 한다.

현장은 늘 소소한 갈등과 분쟁의 선상에 있다. 그런 원칙을 갖고 양쪽
이야기를 다 들은 후 조심스럽게 다음 단계를 제시한다. 건축가를 흔히
가이드나 코디네이터에 빗댄다. 그럴 만한 이유가 다 있는 것이다.

실수란 자연스러운 것

건축 현장에서는 작은 실수가 의외의 선물이 되는 경우가 꽤 많다. 가령 실수로 도면보다 높게 뚫린 창을 통해 파란 하늘을 더 잘 볼 수 있게 된다든가, 계단의 시작 위치를 원래보다 살짝 앞에 만드는 바람에 계단 밑 여유 공간이 커져서 수납장으로 잘 써먹게 된다든가, 바닥 마감 레벨을 잘못 맞춰 중간 턱이 사라진 덕에 걸리는 게 없어져 사용하기엔 더 편해지기도 하는…….

실수하지 않으려 할수록 자꾸 더 실수하게 되는 게 삶의 딜레마라면, 이는 현장에서도 마찬가지다. 집 하나 짓는 중에도 수많은 실수를 겪는다. 하지만 실수가 있다고 실수가 반드시 실패로 마무리되지는 않는다. '실수 끝에 이룬 완성.' 오히려 이것이 현장의 진리다.

실수를 0으로 만들겠다는 터무니없는 욕심을 부리지 않고 '실수란 자연스러운 것'이라는 마음으로 일을 진행한다면 오히려 실수 없이 과정을 끝낼 수도 있을 것이다.

땅을 살 때부터 시작해 설계 과정과 단계별 공사 과정을 거치면서 크고 작은 실수를 통해 집은 조금씩 만들어진다. 실수도 집을 만드는 과정이라는 관점이 중요하다. 하나의 실수가 내가 미처 몰랐던 아이디어나 감춰져 있던 매력을 탄생시키고, 이것이 예기치 못한 결과로 이어진다. 그런 이상한 연결의 반전이 모든 집짓기에 존재하는 것이다.

집이란 모순덩어리. 어쩌면 사람과 닮았다. 실수를 감춘 집짓기는 흔해도 실수 없는 집짓기란 없다. 집짓기를 통해 배울 수 있는 것 하나는 실수가 곧 실패는 아니라는 점이다. 실수가 모여 성공에 가까워진다.

태도의 전환

테라스 방수를 이리할까 저리할까 고민하다가 지금까지 해본 적 없는 방법으로 밀고 나갔더니 탈이 났다. 현장에서 상황을 논의하고 다시 해보자고 했다. 때로는 안 해보고 모르는 것보다는 해보고 알게 되는 게 나을 때가 있기 마련이다. 그에 따르는 위험 요소는 물론 감당해야겠지만. 아기를 재우는 일도 이와 비슷하다는 생각이 든다. 할 때마다 쉽지 않은 일. 아무리 애써도 재울 수 없을 때가 있고, 그냥 안고만 있어도 바로 잘 때가 있다.

하던 대로 할 것인가, 다른 방법을 찾아볼 것인가. 세상을 살다보면 대체로 해야만 한다는 태도에서 '하는 편이 좋다' 또는 '하면 의미가 있다'의 태도로 전환해야 할 때가 있다. 어쩔 수 없이 한다는 느낌보다는 스스로 선택해서 해나가는 느낌으로 매사를 대하는 것이 그나마 즐겁게 사는 길이다.

익숙하지 않았던 방식에 손을 댄다는 건 증폭되는 불안감만큼의 성취감도 가져다준다. 보잘것없는 작은 도전이라도 늘 하던 대로의 세계를 벗어난다는 점에서 좋은 경험이다.

뭐든 해봐야 몰랐던 세계를 조금이나마 이해하게 된다. 아기를 재워본 적이 한 번도 없는 친구에게 육아의 고단함과 반대급부로 행복의 상관관계가 뭔지 설명하다가 막막했던 기억이 났다. 아기 없이 살아가는 삶 역시 반대쪽에서 보면 또 모를 세계겠지만 세상엔 해보지 않으면 전혀 알 수 없는 일이 참 많기도 하다.

감리자의 마음

감리자는 도면대로 집이 지어지고 있는지 확인하고 문제점을 찾아 해결을 도모한다. 현장에서 벌어지는 모든 일에 합리적 방법을 모색하고 비용을 아끼고 일의 혼선을 막는, 조정자 역할이다. 시공자 입장에서는 다소 껄끄러운 상대이지만 투명한 현장을 위해서는 꼭 필요한 존재다.

간혹 이상한 시공자를 만나 자유롭게 돌아가는 현장이라면 감리자라도 제대로면 좋겠지만 이런 경우는 설계도 엉망인 현장이 대부분이라 상식 수준의 감리도 기대하기 어렵다. 뭐가 문제인지도 모르는 건축주 입장에서는 모르는 게 약이라고, 오히려 마음고생은 덜 수 있겠지만.

단독주택은 작은 규모라 법적으로는 비상주 감리다. 게다가 연면적 100제곱미터가 되지 않는 소형 주택의 경우에는 법적 감리 대상에서도 제외된다. 쉽게 말해 누가 설계하고 누가 감리하든 작은 집이니까 집주인이 알아서 하라는 의미다.

비상주 감리의 내용은 집의 주요 구조부에 대한 최소한의 체크, 즉 기초, 지붕, 바닥 같은 구조상 문제가 되는 부분만 감리자가 직접 현장

마음과 마음이 모여 집을 짓는다.
좋은 집은 애정과 정성 위에 지어진다.

에서 관리한다. 집의 전체적인 품질을 위한 감리라기보다 작은 집이므로 최소한의 구조 안전을 챙기라는 조치다.

구조 안전을 넘어 집이 사는 사람 입장에서 제대로 되려면 도면을 그린 건축가. 혹은 그 역할을 대신할 감리자가 자주 현장을 들여다보고 시공 상태나 반입 자재에 대한 문제점까지 살필 수 있어야 한다. 건축주가 건축을 잘 안다면 좋겠지만 그런 경우는 거의 없을 테니까.

내 집을 내가 설계하고 짓다보니 당연하게도 매일 아침 일찍 현장으로 출근해서 두어 시간 감리 겸 현장 협의를 하는 게 일상이 되었다. 매일 현장을 간다는 건 내 집이라도 쉬운 일은 아니지만 자주 현장을 보게 되면 자연스레 집에 대한 집중도와 관심이 생긴다.

사람 하는 일 다 똑같지만 자주 보면 정들고 눈에서 멀어지면 마음에서도 멀어진다. 마음 같아선 집짓기 이후 프로젝트에 대해서도 이런 식의 감리를 하고 싶지만 어떻게 될지는 잘 모르겠다. 감리란 비용과 시간의 압박이 있고 무엇보다 정량화되기 어려운 '정성'이 필요한 일이므로.

더욱이 남의 집이라면 건축가 혼자 열성을 부린다고 될 일은 아니다. 오히려 건축주, 건축가, 시공자 삼자 간의 공감대가 중요할 것 같다. 매일 아침 현장에 가서 내 집 짓는 것처럼 애정 갖고 시간을 쓴다는 건 단순히 돈 얼마 더 받는다고 할 수 있는 일도 아니니까.

집은 결국 사람이 짓는 것. 마음과 마음이 모여 지어진다. 아닌 건 아니라 해야 하고, 잘한 건 잘했다 해야 하고, 괜한 의심 말아야 하고, 맡겼으면 믿어야 하고, 더러는 기다리면서 지켜봐줘야 하고, 할 말 많지만 가려야 하고, 무엇보다 서로 동상이몽 하지 않아야 한다. 서로에게 이심전심하는 현장은 거의 좋은 집이 된다.

말 말 말

집 하나가 만들어지기 위해 현장에 드나드는 사람은 수십 명에서 수백 명. 막일 하는 잡부부터 성격 까칠한 내장 목수까지 다양한 사람이 드나든다. 그래서 현장은 말잔치의 장이다. 드나드는 사람의 종류와 성격, 스타일, 취향이 다른 만큼 수많은 말이 떠돌아다닌다.

현장 사람 외에 말잔치에 말을 보태는 사람들도 많다. 늘 오가다 마주치는 주변 이웃들, 이웃 현장 사람들. 우연히 왔다가 공사 중인 집을 한참 쳐다보고 가는 행인들. 현장 앞 편의점에서 군것질을 하던 초등학생 녀석들도 아이스크림을 먹으며 몇 마디 거든다.

"저 집 생긴 게 이상하네."

"아는 형이 그러는데 저 집 꽝이래."

집을 짓다보면 심지어 동네 초등학생 말에도 상처 받고 스트레스 받는다. 밑도 끝도 없이 부탁한 적 없는 훈수를 두고 이러쿵저러쿵 집을 들었다 놨다 하는 사람들. 사방에서 수군수군, 들리지 않을 말까지 들리는 것처럼 느껴지기 시작하면 귀는 점점 얇아지고 정작 내 현장을

못 믿게 된다. 결국 바깥의 근거 없는 수군거림에 휘둘려 정신줄을 놓다가 집이 산으로 가버리는 경우가 종종 있다.

집을 짓는 일이 생활에 밀접하고 세상에 여러 이야깃거리를 준다는 방증이기도 할 것이다. 집에 대해서는 누구든 관심이 있으니 각자 할 말이 많은 것이다.

현장 역시 말잔치다. 벽돌 쌓는 이는 벽돌의 관점에서 이야기하고 페인트 칠하는 이는 페인트 관점에서 이야기하고 금속을 다루는 이는 금속의 관점에서, 창호 끼우는 사람도, 지붕 만드는 사람도 모두가 자신의 입장에서 이야기한다.

나 : 아니 사장님, 저 부분 왜 저렇게 하셨어요?

A : B가 해야 하는데 제대로 안 해서 그래요.

B : A가 해야 하는데 엉망으로 했네요.

흔하게 벌어지는 이런 책임 공방은 종종 서로 맡은 공정에 대한 힐난과 불신으로까지 이어지기도 한다.

A : 이런 말씀까진 안 드리려고 했는데 B가 공사 저렇게 해서 나중에 하자 날 수 있어요.

B : A가 무슨 말 했는지 대강 알겠는데 그거 면피하려고 발 빼는 거니 신경쓰지 마세요.

상황이 이러니 말 하나하나 신경쓰고 휘둘리다보면 집은 점점 산으로 간다. 이런 마음고생 끊이질 않는 현장이 허다하다. 중요한 말과 아닌 말을 구분하기 힘들지만 정교하게 걸러서 듣는 성능 좋은 귀는 기본이다. 아울러 지나친 욕심 내려놓고 현실적으로 가능한 선에서 결과를 만들자는 실용적인 행동력도 필요하다.

며칠 전 지붕 사장님과 외벽 단열 사장님 사이에 사소한 언쟁이 있었다. 대략 A, B 같은 대화였다. 결국 A가 B를 위해 일을 할 수 있는 바탕까지 만들어주기로 했다. 그리고 A에게 그만큼의 추가 비용을 좀더 주기로 했다. 허무하지만 현장의 처음과 시작은 결국 돈이다. 불필요한 말을 줄이는 방법 중 하나도 돈. 쓸데없이 오가는 서로 간의 힐난도 들인 돈만큼 줄어든다. 들인 돈만큼 일이 잘 끝나는지는 끝까지 지켜봐야 알겠지만.

말의 기교는 책상 위의 생각만으로도 충분하지만, 말의 울림은 책상 바깥의 경험과 고민으로 체득된 결과다. 기교만으로 이어지는 생기 없는 말은 그것이 대개 주워들은 말이기 때문이고, 그렇기에 말을 할수록 말하는 사람과 하나가 되지 못하고 분리된다.

현장의 가치란 바로 이러한 생기의 체득에 있다. 내 말이 내 말 같지 않다고 느낄 때, 기교만 있고 울림 없는 허무함을 느낄 때는 현장에 가야 한다. 현장이 약이다.

두껍아 두껍아

아직도 박자를 흥얼거리며 모래 속에 손을 넣고 토닥거리며 노는 아이들이 있는지 모르겠지만, 내 유년기 기억에 유독 남아 있는 놀이 중에는 '두꺼비집 놀이'가 있다. 비가 살짝 내린 날은 더 즐거웠던 놀이. 물기가 촉촉하게 묻어 있으면 모래알에 접착력이 강해져 알갱이 사이사이의 공극을 남아 있던 습기가 메워준다.

축축한 흙집 속으로 손을 집어넣고 아이들의 손가락을 활용한 역할 놀이가 더해지면, 검지와 중지는 두 다리로 둔갑하고 엄지와 약지가 좌우로 움직이는 거대한 외계 집게벌레가 옆집 꼬마의 아담한 두꺼비집을 공격하기도 했다.

무너진 집에 망연자실하며 울기도 하고 서로 만든 집을 발로 헤치며 싸움질도 많이 했던 그 시절. 수없이 만들고 무너졌던 두꺼비집에, 막상 두꺼비는 한 번도 살았던 적이 없었지만 언제나 상상 속 두꺼비는 새집을 주고 헌 집은 사라지게 했다. 천연목 데크가 깔린 베타스 한쪽에 두꺼비집 놀이를 모르는 선우에게 작은 모래장을 만들어주려고 한다.

두꺼비는 아는지 모르는지

오늘도 테라스에서는 두꺼비를 찾는 선우의 목소리가 들린다.

선우는 이미 노래를 부르고 있다. "두껍아 두껍아", 어디서 노래를 배
웠는지 하루에도 몇 번씩 흥얼거린다.

입 주 한 달

입주 한 달이 지났다. 내가 설계하고 내가 지은 집에 들어가 사는 느낌에 대해 별별 상상을 다했는데 막상 살아보니 개인적으로는 특별한 게 없다. 나의 생활은 집짓기 이전과 집짓기 이후로 자연스럽게 이어졌다. 아파트에서 단독주택으로 그때와 지금으로. 어쩌면 7개월 넘게 매일 현장에서 살았기 때문에 새집에 대한 감흥이 옅어졌는지 모르겠다.

집이 없고 맨땅만 있던 작년 봄부터 입주하는 날까지, 첫 삽을 뜰 때부터 이삿짐이 들어오는 날까지, 하루도 빼먹지 않고 집이 지어지는 걸 직접 지켜봤다. 그래서 이미 집에서 살고 있는 기분이었던 건 아닐까 싶기도 하다.

콘크리트 골조만 덩그렇게 있던 반년 전 여름의 기억이 생생하다. 여름의 끝 무렵 창호를 붙이고 매끈한 마감재는 골조 안과 밖에 붙었다. 가을에 도배를 하고 멋들어진 조명을 달고 나니, 비로소 이 집이 살아 숨 쉬고 있다는 느낌이 들었다.

치밀하게 시공 일지를 기록하진 못하더라도 집짓기 과정의 흔적은 남기고 싶었다. 일기처럼 드문드문 적어놓은 글이 얼추 100꼭지가 넘어가는데 다시 하나씩 읽어보니 그때가 언제였나 싶게 아득해진다.

집짓기란 그게 어떤 집이든, 완성되고 입주한다고 끝나는 건 아니다. 집짓기의 완성은 오히려 집에 들어와 살면서 얻는 생각과 경험을 통해 마무리 되는 건 아닐까.

일 년 남짓 집짓기를 통해 느낀 기록들은 다른 이에게는 별 흥미 없는 이야기일지 모른다. 하지만 집을 짓고 싶은 분들에겐 사소한 잡담 같아도 뜻밖의 영감을 줄 수도 있다. 사실 나누고 싶은 이야기들은 많다. 중요한 돈 얘기부터 설계, 시간, 시공과 감리, 좋은 집과 나쁜 집, 각종 실수들 그리고 우리 삶에 관한 이야기들.

우연한 실수로 좋은 결과가 나온 행운도 있었고 만난 사람에 대한 기억의 편린들도 마음 어딘가에 남았다. 착각과 자만에 대한 반성은 집 짓는 내내 따라다녔고 믿음과 불신의 결과는 가혹했지만 배움이 있었다.

지난 일 년 동안, 매일 조금씩 달라지는 집을 지켜보며 고민했던 시간들을 떠올려본다. 집 앞에서 매일 겸손해지던 누군가의 불안과 희망, 체념과 기대가 다시 손에 잡힐 듯하다.

다이어리

예전 다이어리를 들춰보다가 이 글이 쓰인 걸 봤다.

2015년 8월 24일, 내 집을 짓게 되면 갖고 싶은 공간들
1. 잠깐이라도 혼자 조용한 시간을 보낼 수 있는, 천창 있는 다락.
2. 욕조에 몸을 담그면 창을 통해 하늘과 나무가 보이는 욕실.
3. 내 가족만을 위한 작은 도서관. 간단한 조리 공간 포함.

돌이켜보니 조리 공간을 빼면 얼추 다 갖춰진 것 같다.

행복의 건축

알랭 드 보통은 『행복의 건축』에서 말했다. 건축은 사람들에게 결핍된 무언가를 표현할 때 의미가 있다고. 만일 당신이 지루한 삶에 지쳐 있다면 '방글방글한 형태'와 '귀염귀염한 공간'으로 뜬금없이 등장한 어떤 건축에서 잠시나마 행복을 느낄 수 있다. 반대로 당신이 너무 바쁜 삶에 혼란스럽다면 낙엽 날리는 거리를 걷다 문득 마주친 질서 정연한 직선의 이름 모를 빌딩에 감동받을지 모른다.

로마 바티칸 대성당에 처음 갔을 때 경험했던 초월적 공간감은 여느 대형 교회 목사님의 허망한 종교관을 단번에 바닥으로 주저앉힌다. 예전에 나와 파리 여행에 동행한 친구는 노트르담 대성당의 내부가 무중력 상태의 우주 공간 같다고도 말했다. 인생을 살면서 기대하지 않았던 위로를 건축으로부터 받게 된다.

누군가 내게 집을 지은 이유를 물어본다면 긴 이야기가 시작되겠지만, 출발점은 단순했다. 우리 가족이 조금 더 행복해지면 좋겠다는 마음 하나. 그렇게 시작하여 가족과 함께 살 집을 그리다보니 삶에서 중요한

가족과 함께 살 집을 그리다보니

삶에서 중요한 게 무엇인지 새롭게 배웠다.

게 무엇인지 새롭게 배웠다. 바로 지금 행복해야 한다는 것이다. 아이들도, 부모님도, 아내와 나도, 훗날의 행복을 위해 현재의 행복을 미루지 말고, 지금부터 당장 행복해야 하고, 내일도 모레도 역시 행복하겠다는 마음의 자세가 무엇보다 중요하다는 것을, 집을 지으며 배웠다.

행복을 차일피일 미루며 나중을 바라보는 삶이 우리를 불행하게 한다. 결과를 위해 과정을 생략하지 않고 과정부터 행복해진다면 결과는 과정의 한 부분이 되어, 우리의 삶은 서서히 행복의 지속력을 갖추게 된다. 그런 의미에서 '집'이란 알랭 드 보통의 말처럼 어떤 공간과 어떤 희망이 일치한 '곳'이다.

태도

생각과 목표가 확고하고 의욕이 충만하다 해서 일의 준비가 끝난 건 아니다. 오히려 그 일을 하려는 사람의 내면, 그 안의 은밀한 구석에서 일의 성패가 갈린다. 겉으로 드러나지 않지만 좋은 의도를 좋은 방향으로 지속적으로 나아가게 하는 올바른 태도의 중요성.

설계하는 사람의 태도에 대해 자주 고민하며 살았다고 착각했지만 그건 그저 교과서에나 나올 건축가의 상투적 이미지에 불과했던 건 아닐까 반성하게 된다. 건물 기초에 대한 고민 없이 기둥과 벽을 세우지도 않고 지붕을 어떤 모양으로 할지 그려댔던 셈이다.

직업인으로 살아오는 동안 집을 대하는 내 태도는 점점 모호해졌다. 내 집을 짓는다는 과제 앞에서 다시 원점으로 돌아가 직업인 이전에 한 인간으로서의 태도, 건축가로서의 태도를 생각했다. 어차피 정해진 답은 없으니 문제를 던져놓고 탐구하면서 가족들과 대화를 많이 해보자는 마음에서 출발했던 것 같다. 어설픈 사심과 과시하려는 욕심 모두 내려놓고 주어진 조건에서 최선을 찾아보려는 태도로 내 집을 지어나갔다.

깊이에의 강요

깊이는 그 단어의 어감만으로 사람을 가둔다. 파트리크 쥐스킨트의 소설 『깊이에의 강요』에는 작품에 깊이가 없다는 자책감이 심해져 결국 죽음에 이르는 예술가의 비극이 나온다. 예술가는 스트레스를 받지만 사실 비평가가 지적한 '깊이'의 의미는 그의 인생과 별 상관없는 것이었다.

거주자와의 소통이 필요함에도 나의 세계를 반드시 움켜쥐려는 건축가의 사심이 들어간 집은, 알 듯 모를 듯한 깊이를 추구하자고 스스로 유배하는 예술작품과 닮았다. 건축에서의 깊이는 누구나 이해할 수 있는 생활의 의미로부터 출발해야 하지 않을까.

생활의 의미가 건축의 의미를 만들고 예술의 의미로 넘어간다. 건축은 시간의 예술이다. 생활의 깊이가 집의 깊이를 만든다. 생활과 예술에는 정답이 없다. 건축은 생활과 예술 사이에 있다.

사 람 과 닮 은

어떤 사람에게, 일반적으로 당연하게 여겨지는 능력 하나가 제대로 작
동하지 않게 된다면, 그 대신 그가 알지 못하는 다른 능력이 새롭게 주
어지는 건 아닐까. 자연의 섭리라는 건 이렇듯 인간의 영역을 벗어난 어
쩔 수 없는 불가사의한 영역을 말하는 건 아닐까 생각해본다.

가령 불의의 사고로 다리를 다쳐 휠체어를 타게 된 어떤 남자가 어쩔
수 없이 상체 운동에 집중하면서 어마어마한 상체 근육과 완력을 얻게
되는 사례를 볼 수 있다. 예전에 다니던 헬스클럽 관장은 휠체어를 사용
하는, 패럴림픽 테니스 국가대표 선수였다. 그는 내가 본 사람 중에 팔
뚝이 가장 굵었다. 내가 어떻게 이런 팔뚝이 가능하냐고 묻자 그는 노력
은 했지만 스스로도 미스터리라고 말했다.

조금 '부족하다'는 조금 '넘친다'와 동의어다. 우리는 모두 조금 부족
하고 조금 넘치기도 하는 사람들이다. 그러니 부족하지도 넘치지도 않
은 균질하고 평균적인 집보다는 더러는 부족하기도 하고 넘치기도 하는
집이 사람과 닮은, 자연스러운 집이다.

리틀 포레스트

매일 뭔가를 만들어 먹는 한 여자의 일상을 봤다. 영화 「리틀 포레스트」의 이치코는 씨를 뿌리고 직접 경작을 해서 먹고산다. 아침에 일어나서 논과 밭으로 자전거를 타고 달려간다. 일을 하고, 도시락을 까먹고, 해가 지면 집에 돌아오는 단조로운 생활. 계절이 바뀌면 자연의 순리대로 제철에 나는 식재료를 재배하며 하루하루에 충실한 삶. 차분하고 단순하게 살아가는 모습이 부럽기도 하지만 나라면 저렇게 살 수 있을까 고민해보니, 역시 쉽지 않겠다는 생각이 든다.

한여름 곰팡이를 없애려 난로에 불을 때고 그 바람에 빵을 굽고, 시원한 음료수가 먹고 싶어 식혜를 담그고, 뒷산에 올라 수유나무 열매를 따서 빵에 발라 먹을 잼을 만든다. 개울 주변에서 따온 싱그러운 멍울풀로 절임 반찬을 만들어 갓 지은 밥에 비벼 한입 넣는 장면에선 나도 모르게 침이 고인다. 무슨 맛일까 감도 오지 않는다. 그런데도 입안에 맑은 개울 향이 퍼지는 상상만으로도 기분이 청량해진다.

밭을 갈다 중간에 먹는 도시락은 먹음직스러운 밤조림과 호두밥이다.

집을 짓기 전에 사람을 알아야 한다.
집은 주인의 생활을 담고 주인의 인상을 닮는다.

밤을 따 껍질을 벗긴 후 설탕에 같이 끓인 맛있는 밤조림은 군것질거리로 더할 나위가 없는데 무슨 맛인지 알 길이 없으니 답답하다. 고모리 마을에 가면 맛볼 수 있으려나.

씨 뿌리고 땀 흘려 경작하고 그렇게 키운 것을 이용해 음식으로 만들어 먹는 인생은, 철저하게 생산을 위한 삶이다. "말은 믿을 수 없지만 몸이 느낀 거라면 믿을 수 있다"는 영화 속 명대사 역시 아마 그런 의미가 아닐까. 이미 누군가 만들어놓은 제품을 돈 주고 사서 먹는 과정에는 자신의 삶이 없다.

이치코의 단순한 삶을 담은 집은 주인을 닮아 작고 아담하다. 집의 인상이란 사는 사람의 인상과 비슷해지기 마련이다. 허름하고 쓰러져가는 집이더라도 부엌의 풍경엔 단단한 에너지가 있고 긴 세월 먹고 살아내며 축적된 그 집만의 철학이 있다.

누구나 살면서 자신만의 집을 한번은 짓고 싶어 한다. 구체적 계획이 있든 없든 그것은 아마도 인간이라면 누구나 바라는 꿈일 것이다. 음식 하나가 만들어지는 시간과 정성의 과정을 엿보면서 집 짓는 과정 역시 다르지 않음을 느낀다.

이치코는 말한다. 집은 '삶을 담는 작은 숲'이라고. 나에게 집이란 뭘까. 마땅한 답변이 잘 생각나지 않는다. '짓는다'는 행위는 머리가 아닌 몸의 영역이다. 지어놓은 음식, 지어놓은 집에 들어가 누군가 만들어놓은 맛과 공간을 소비하는 삶에서 한번쯤 벗어나 작고 보잘것없더라도 내 몸을 움직여 맛과 공간을 지어보자.

땅, 공간, 경험

첫 집 의 기억

집에 대한 가장 오래된 기억은 두세 살 때 살았던 서울 휘경동 골목 작은 주택에서 출발한다. 희한하게도 이후 많은 아파트를 거치며 쌓인 기억보다 그 집에 대한 기억이 더 또렷하게 남아 있다. 집의 유형이 다르다는 이유만으로 기억의 유형도 달라지는 건지는 잘 모르겠지만.

휘경동에서는 내가 다섯 살 때까지 살았다고 한다. 부모님이 결혼하고 보문동 어느 주택 문간방에 세를 살다가 이 년 만에 마련한 집이었다. 그 집에서 내가 태어났다. 어머니가 말씀하시길 하얀색 스피츠를 길렀다는데 내가 세 살 되기 전에 집을 나갔으니, 그 개가 내 기억에 있다면 아마도 한두 살 때의 기억일 거라고 하셨다.

계절은 여름이었다. 붉은빛 라왕 원목 마루는 반질반질 광택을 내어 거울처럼 보였고, 시멘트 미장 바닥의 작은 마당과 연결되어 있었다. 마당과 마루 사이에는 삐거덕거리는 목재 유리문이 있었는데 더위 때문인지 모두 열어놓은 대낮이있다. 매미 소리가 시끄럽게 울고 있었으니 8월 말쯤이 아니었을까.

수돗가에 놓인 양철 대야 찬물 속에는 수박 한 통이 들어가 있었다. 대문 옆엔 작은 창고가 있었는데 간유리가 끼워진 창고 문은 볼 때마다 섬뜩했다. 창고 한쪽 벽은 가파른 계단으로 그 위의 장독과 대문 캐노피 상부로 가는 길이었다. 장독과 대문 사이 담 위에는 뾰족한 철창살이 하늘을 향해 세워져 있던 게 기억난다.

모퉁이마다 녹이 슨 청회색 철제 대문 앞에서 우리 집 부엌일을 하던 명숙이 누나가 나를 보고 웃었다. 아마도 나는 마루에 누워 있든지 앉아 있든지 아니면 기어가든지 그랬을 것이다. 기억 속 시선의 높이가 그랬다. 흰색 스피츠가 마루 턱에 앞다리를 올리고 나를 보며 혀를 헐떡거리고 있었다. 시멘트 마당은 마루보다 어른 무릎 높이만큼 밑에 있어서 마루 끝에서 마당을 내려다보면 아찔한 느낌이 들었다.

오후의 쨍한 볕이 마당의 절반을 밝히고 있었고 나머지는 그늘이 졌다. 마루 한쪽에는 파란 날개를 털털거리며 선풍기가 돌아가고 있었다. 연한 회색의 마당 표면은 빛을 받는 면과 그늘진 면, 물에 젖은 면 색상이 모두 달랐다. 빛을 받는 면은 흰색에 가깝고 그늘진 면은 먹색에 가까웠다. 물에 젖은 면은 건조 정도에 따라 색이 수묵화처럼 보였다. 마치 흐린 날 먹구름빛 하늘 같기도 했다.

회색은 빛에 따라 물기에 따라 수만 가지 색상으로 쪼개진다는 사실을 그날의 기억이 내 몸에 체득시켜주었다. 터무니없는 짐작일지 모르지만 어릴 때부터 회색을 좋아하고 시멘트란 재료에 대해 별 거부감이 없던 이유 역시 아마 이날의 기억 덕분인지도 모른다. 집에 대한, 나의 첫 기억은 꽤 또렷하다. 그 집이 내 첫 집이었다.

땅 의 인 연

전에 어떤 사람이 그랬다. 건축가는 땅을 만나고 떠나보내고, 다시 땅을
만나고 떠나보내는 직업이라고. 그때나 지금이나 건축이 뭔지, 건축가라
는 직업이 뭔지 명확하게 말할 자신은 없지만 땅을 만나고 떠나보낸다는
말이 무슨 의미인지는 이제 조금 알 것도 같다.

건축가는 땅을 좋아해야 한다. 땅의 생김이나 굴곡, 질감에 대해 민감
해야 한다. 매력적인 이성을 바라보듯 대지를 주시하는 건축가들의 시선
은 그래서 연애하는 사람의 시선과 크게 다르지 않다. 건축이란 태생적
으로 땅과 한 몸처럼 붙어가는 것이기 때문이다.

열 개의 땅을 만나더라도 실제로 그 땅 위에 집을 설계하게 되는 행운
은 서너 개도 되지 않는다. 그래도 그것이 완전히 떠날 때까지는 마음껏
그려볼 수 있다. 계약 안 한 땅에 건축주가 설계부터 해달라고 떼를 쓴
게 아니더라도 가끔은 땅이 마음에 들어 그냥 혼자 꿈을 꾸며 집을 그
려보기도 한다. 인연이 되길 기대하면서.

매사 마찬가지겠지만 억지로 만든 인연은 탈이 나고, 올 인연은 막으

려 해도 결국 온다. 기대한 일은 생각만큼 잘되지 않고 생각도 않던 일이 보석 같은 상황을 만들어주는 삶의 역설. 좋던 관계도 너무 과한 밀고 당기기로 마음이 흔들리다보면, 일이 시작되어도 서로의 마음에 빈틈과 서운함이 생긴다.

일하다보면 일이란 찾아다니는 대상이 아니라 스스로 내게 오는 것이고, 일이 잘되는 시기와 막히는 시기가 있다는 걸 알게 된다. 모든 게 준비되어도 안 될 일은 안 된다. 꼭 짓고 싶었던 집이 설계를 다 끝내고 착공까지 준비하고도 이상야릇한 사정으로 결국 실현되지 못하는가 하면, 어떤 일은 가만 있어도 제 발로 찾아오기도 한다.

7할의 운이 3할의 기에 따라 움직인다 해서 '운칠기삼運七技三'이라 농담처럼 말한다. 그런데 3할의 기를 위해 노력하지 않으면 애써 어떤 운도 만들어지지 않는다는 사실은 잘 잊는다. 모든 기가 모든 운을 담보하진 않지만 절실한 기는 뜻하지 않은 운을 가져오기도 한다. 시절인연時節因緣의 마음으로 사심 없이 공을 들이다보면 내게 올 인연과 운은 결국 온다. 세상의 모든 운명이란 거의 그런 식이다.

당신에게 필요한 건축가

동네 업자에게 집을 맡긴 건축주가 울상이다. 건축가라고 하는 인간들
은 폼만 잡는 사기꾼들이라고, 내 돈 갖고 지들 하고 싶은 짓하려고 우
기기만 한다던 그였다. 분통 터지는 사연을 들어보니 흔하디 흔한 집 짓
는 이야기. 공사가 거의 끝나가는 마당에 별 방법은 없다고 말씀드렸다.
설명해도 어차피 이해 못 할 이야기라 긴 말 하지도 않았다.

일단 도면을 어디선가 그려온 모양이다. 도면이라고 보여주는데 굳이
설계라고 할 것도 없이 일반적인 설계 사무실에서 쓰는 샘플 도면을 찍
어낸 것들이다.

건축 도면에는 기본적으로 마감 재료와 시공 방식이 표기된다. 설계
마다 땅의 조건이 다르고, 법규도 다르고, 예산도 다르고, 요구 조건도
다르므로 각 경우에 맞는 적절한 공간 구성과 재료 선정, 디테일의 합
리적 선택에 많은 시간을 써야 한다. 건축주를 대신하여 그 고민을 하고
문제를 해결하고 대안을 만드는 사람들이 건축가다.

가령 고급스러운 느낌을 원하는 건축주의 솔직한 요구사항에 대해 이

왕이면 가격 대비 효과가 좋은 재료를 찾아볼 수 있을 것이고, 벽의 디자인을 조정하거나, 조명과 컬러 등 분위기의 변화를 통해 설계에 반영할 수 있다. 꼭 값비싼 수입산 대리석을 쓸 필요는 없다. 재료 하나도 가격이 천차만별이고 무엇 하나 어떻게 결정하느냐에 따라서도 몇 백만 원, 몇 천만 원이 왔다갔다한다.

"일단 잘 맞는 건축가를 만나서 조력자로 삼으시는 게 돈 절약하고 집 짓기를 산으로 가지 않게 하는 첫 단계예요. 현장에서 새는 돈을 건축가를 통해 합리적으로 통제할 수도 있고요. 모두에게 만족스러운 설계로 정리된 경우 건축가의 작품 열정을 담보 삼아 현장의 품질을 최대한 끌어올릴 수도 있습니다. 애정이 담긴 설계였다면 자기 자식을 나 몰라라 할 건축가는 없으니까요. 정상적인 건축가라면 말 안 하셔도 자주 나와 보거든요."

하지만 조언은 조언일 뿐 현실과 바람은 늘 어긋나기 마련이다. 수억 짜리 건물 공사에 10퍼센트도 못 미치는 설계비가 아까워서 도면도 제대로 없이 공사를 해온 그 건축주는, 오늘도 중국산 대리석을 내가 알고 있는 가격보다도 더 비싼 돈을 주고 구매해야 하는 상황에 고민하고 있다.

점에서 집으로

단독주택 설계가 어려운 이유는 공간을 사용하는 사람이 상가나 공동주택처럼 공공의 다수가 아니라 특정한 개인이기 때문이다. 특정 개인을 위한 설계는 그 사람의 성격과 취향, 스타일 같은 예민한 요소들이 공간 안에 구체적으로 반영되어야 한다.

　문제는 집을 짓고는 싶은데 왜 지어야 하는지, 원하는 게 뭔지 잘 모른다는 점이다. 남이 만들어놓은 아파트를 물건처럼 구매해서 살던 사람에게 단독주택이란 고민하면 할수록 어려운 세계다. 그래서 "잘 모르겠네요. 좀 웃기는 얘기지만 그냥 아파트처럼 설계해주세요"라고 겸연쩍게 웃으며 말하는 분들을 종종 만난다.

　혼자 사는 경우가 아니면 대부분 가족은 둘 이상의 식구가 동거하는 조건이다. 특정해야 할 개인이 두 명 이상이라는 건 각 개인도 중요하지만 각자의 생각을 잘 조화시킬 수 있는지의 문제가 중요한 변수가 된다.

　아파트는 개인의 의사를 배제하고 보편적 인간이 보편적 수준에서 납득할 수 있는 집이다. '이 정도면 살기 괜찮지 않나요?' 정도의 수준에서 만든 집이랄까. 그런 이유 때문에 아파트에서 오래 살아온 분들이 자기 집을 지을 때 겪게 되는 애로 사항은 '내가 원하는 게 뭔지 잘 모르겠다는 것' '무엇이 좋은지 결정할 수 없다는 것'이다.

대문이 어디로 나는지, 집은 어떻게 생겼는지, 세부 공간의 높이와 넓이, 길이는 어떠해야 하는지, 외부와 내부 재료는 무엇을 써야 하는지, 재료의 질감과 색상은 어떠해야 하는지, 창의 크기와 위치는 어떤 방식이 적절한지, 공간은 햇볕을 어떻게 다뤄야 하는지 등등. 하나부터 열까지 고민거리다.

물론 전문가가 아니어도 자신의 취향을 바탕으로 한 판단은 가능하겠지만, 집은 작은 부분들이 결합한 집합적 결과물이라, 모든 요소가 서로 연결되어 있고 하나의 선택이 다른 선택에 연쇄적으로 영향을 미친다. 결국 전체와 부분의 밸런스를 잡으면서 만들어야 하는 것이다.

건축가는 균형을 잡아주는 사람이다. 집을 지으려는 사람이 작은 부분에 빠져 있을 때 전체를 보도록 환기하고 길을 찾게 해주는 안내자의 역할이다. 그러니 집을 지을 분들은 부디 마음 맞는 건축가와 한땀 한땀 뜨개질하듯 만들어가는 설계를 꼭 경험해보시길. 뜨개질이 끝날 때 즈음엔 꿈꾸던 공간과 원하는 삶이 한 점에서 만난다는 걸 알게 될 것이다. 그 점이 집이 된다. 세상에 하나뿐인, 내 가족을 위한 집.

원 테이블 설계사무소

몇 해 전, 아내 생일에 테이블 하나만 놓고 운영하는 '원 테이블one table 레스토랑'에 간 적이 있다. 작은 가게에 테이블 하나 점심 한 팀, 저녁 한 팀만 예약을 받는다. 일반적인 레스토랑보다는 값이 조금 비쌌지만 큰 차이는 아니었다.

한 명의 요리사가 혼자서 음식을 만들고 서비스를 한다. 서빙을 하는 사람이 따로 없으니 간단한 음식은 손님이 직접 가져다 먹어야 한다. 자연스러운 분위기가 좋았다. 요리 잘하는 친구 집에 초대받아 음식을 대접받는 느낌이랄까. 원 테이블 레스토랑은 일반 레스토랑의 정형화된 서비스를 포기하는 대신 온전히 한 테이블에만 집중하는 요리사의 정성 어린 마음을 몇 시간 동안 빌리는 것이다. 메뉴는 그날그날 요리사가 직접 장을 봐온 질 좋은 재료를 바탕으로 알아서 만들어주는 코스 요리가 나온다. 물론 손님이 원하는 음식을 미리 알려주면 손님의 취향을 반영한 요리가 나오기도 한다. 상황에 따라 또는 손님에 따라 다른 음식이 가능하다. 특별한 경우가 아니라면 똑같은 요리는 반복해서 나오지

않는다. 작은 공간에서 종업원을 쓰지 않으면서 요리사가 혼자 일을 하므로 가능한 일이다.

레스토랑을 나오면서 나도 건축설계사무소를 이와 같은 방식으로 운영하면 어떨까 생각했다. 원 테이블 설계사무소. 단독주택 같은 소규모 건축설계로만 한정한다면 내가 들일 수 있는 정성의 최대치는 일 년에 두세 채 정도다.

중요한 원칙 하나는, 설계가 진행 중일 때 그 설계가 끝나기 전까지는 다음 집을 시작하지 않는 것이다. 테이블 위에 올려놓은 한 집에만 온전히 열중한다. 이 집이 마지막 작업이라는 느낌으로.

현재 운영 중인 설계사무소를 내가 더 나이가 들면 원 테이블 설계사무소로 운영하고 싶다. 백발의 시니어 건축가가 혼자 운영하는 원 테이블 설계사무소. 베테랑 요리사의 집에 초대받아 그의 마음을 대접받는 기분이었던 원 테이블 레스토랑의 경험을, 집 지으려는 이들에게 온전히 나눠주고 싶다. 온전히 내 집 하나에만 집중해주길 바라는 마음은 다 같을 테니까.

생각의 집

집의 모형은 난관을 해결하는 좋은 도구다. 모형은 기분이 상한 의뢰자에게 친절히 말한다.

"당신이 선택한 건축가는 냉정한 사람처럼 보여도 알고 보면 따뜻하고 섬세한 사람이에요. 한번 보세요. 당신을 위해 작은 땅 구석에 작은 쉼터를 만들었어요. 겉모습은 또 얼마나 귀여운가요. 예산이 적다고 하시니 최대한 뼈대를 간결하게 만들어서 엠보싱과 비슷한 느낌의 하얀 페인트를 바르려 해요. 아, 그리고 집 뒤편 비탈면에는 우악스러운 축대를 쌓지는 않을 거예요. 나지막한 담벼락까지 나무 바닥을 길게 붙여 가족들이 잠시 한숨 돌리고 쉴 수 있는 편안한 테라스를 만들려고 해요. 가운데 작은 나무를 심으면 계절이 바뀔 때마다 시간의 변화를 느낄 수 있을 거예요."

모형이 던지는 메시지는 말보다 강해서 사람의 마음을 움직인다. 가끔 생각해본다. 사람은 어떤가. 사람은 모형을 먼저 만들어보고 확인해 볼 수는 없는 존재다. 하지만 불가능하더라도 사람 간의 관계 또한 시행

착오를 조금이나마 줄여나갈 방법은 있지 않을까. 글을 쓰는 것 역시 그 중 하나겠다. 글을 쓴다는 건 생각으로 집을 짓는 것. 행동하기 전에 글로 지어보는 생각의 집이다. 우리는 누구나 말과 글로 집을 짓는다. 당신은 어떤 집을 짓고 살고 계시는지.

치 수

예전 아파트에서 살던 시절, 거실을 서재로 바꿔서 사 년을 지냈다. 거실이 서재가 되자 많은 것이 변했다. 커다란 텔레비전을 치우자 공간의 기준이 책이 되었고 작아진 크기만큼 체감하는 공간이 넓어지고 아늑해졌다. 거실의 치수는 4.8×4.8미터 정방형에 높이 2.3미터. 식구 모두가 텔레비전을 바라보던 시절에 거실은 이 벽에서 저 벽으로 한 방향의 시선만 오가는 공간이었다.

거실이 서재로 바뀌자 그 안에 담는 행위가 훨씬 복잡해졌다. 책을 읽고 신문을 보고 대화를 나누고 차를 마시고 낮잠도 자고 식구들이 모여 놀이도 하고 가끔 싸우기도 한다. 그러다보니 치수는 전과 같으나 이전보다 북적거리는 에너지가 모이게 되었다. 공간이란 이렇듯 단순 치수로만 파악하기 어려운 심리적, 감성적 영역이 존재한다는 걸 그때 체득했다.

거실 중앙의 독서 테이블은 식탁으로 쓰던 것이어서 책 읽는 용도로 적당치 않았다. 일반적으로 70센티미터 정도 높이를 갖는 독서 테이블

보다 약간 높은 73센티미터였다. 식사 시간은 길어야 30분이라 불편을 느끼지 못하지만 장시간 독서나 공부를 해야 한다면 문제가 생긴다. 미세한 차이지만 한두 시간이 넘어가면 허리도 아프고 목도 피곤하다. 아이들에겐 더 맞지 않았다. 테이블에 턱을 괴고 책을 읽는 아이를 볼 때마다 식구들의 몸에 잘 맞는 올바른 치수를 고민하게 되었다.

공간의 치수는 결국 그 공간에서 생활하는 사람들의 신체 치수에서 출발한다. 이것을 건축학에서는 인간척도human dimension라고 부르는데 공간의 모든 치수가 몸에서 출발한다는 의미다. 통상 성인 신장이 150~200센티미터 사이라고 할 때, 이 범위가 공간을 규정하는 기본 기준이 된다.

오래전부터 써온 전통적 치수 단위인 척尺은 주로 사람 신장을 재는 길이의 단위다. 공교롭게도 1척은 30.3센티미터로, 서양의 1피트 30.48센티미터와 거의 비슷하다. 서양에선 발바닥 길이를 1피트로 정한다. 반면 1척은 손가락 끝에서 팔꿈치까지의 거리를 기준으로 삼는다. 서양은 발, 동양은 팔을 기준으로 봤는데 단위의 실제 길이는 흡사하다는 사실이 흥미롭다. 공교롭게도 30센티미터를 기준 단위로 동서양은 같은 척도를 사용해온 것이다.

약 90센티미터인 3피트와 3척은 동서양을 아울러 공통적으로 건축 공간 내에서 가장 자주 사용하는 치수다. 가령 문 폭, 난간 높이, 쌍방 보행 가능한 복도의 최소 폭이 그렇다. 그의 배수인 180센티미터, 270센티미터, 360센티미터 역시 건축 공간에 기본적으로 사용되는 유의미한 치수다. 방의 최소 폭, 공간 최소 높이, 가구 높이, 층 높이, 구조의 경간 등 공간 각 부분의 중요 치수로 확장되는 것이다.

집을 치수의 관점에서 보면 건축설계라는 작업의 본질은 결국, 집에 사는 사람들의 신체 치수를 감안하여 각 공간에 인간 척도를 적용하는 것이라 할 수 있다. 섬세한 적용을 위해 건축도면의 단위는 센티미터가 아닌 밀리미터로 기재한다. 가령 계단 한 단의 높이는 150~200밀리미터 사이에서 정해지는데 그보다 낮거나 높으면 조금 힘이 들거나 불편을 느낄 수 있다.

하지만 편한 보폭으로 치수를 정해도 그 계단을 어떤 사람들이 주로 이용하는가에 따라, 왕래가 많고 빠르게 오가는 계단인지 혹은 왕래가 드물고 느리게 오가는 계단인지에 따라 치수는 달라질 수 있다. 개인주택 계단일 경우 조금 높고 급한 경사로 사용해도 큰 문제는 없다. 하지만 어린이나 노인 등 약자가 이용하는 공동시설인 경우엔 낮고 완만한 경사의 계단이어야 한다.

창의 치수는 또 어떨까. 창을 어떤 높이에 어떤 크기로 뚫어야 하는지를 정할 때 고민할 것은 그 공간의 목적과 용도, 사람들이다. 공부방이나 침실의 경우 불필요하게 큰 창, 사방으로 열린 창은 공간의 목적에 방해가 된다.

가령 몇 해 전 설계했던 서울 마곡지구의 W사 연구소의 경우는 높은 가구와 실험기구가 많은 공간의 특성을 고려해, 사람이 서 있을 때의 시선 높이(140센티미터)를 기준으로 높은 위치의 옆으로 긴 창을 계획했다. 이렇게 되면 볕이 과도하게 들어오지 않고 먼 풍경과 하늘을 늘 볼 수 있어 답답하지 않다. 실내를 전체적으로 밝게 하면서 직사광선은 조절되고 작업 환경에는 유리하다고 판단했던 것이다.

하지만 치수 계획에서 더 중요한 건 여러 기술적 문제를 따져보기 전에 치수를 조절하여 사용자에게 어떤 정서적 감흥을 줄 수 있는지를 고민하는 것이다. 정량화되기 어렵고 인문학적 접근이 필요한 일이긴 하지만 치수 계획이란 단순한 숫자놀음이 아니라 사람의 내면과 정신적 영역을 건드리는 과정이다. 공간의 힘은 작은 치수 하나하나에 달려 있다.

평범의 원리

좋은 건축일수록 예술적 성취에 큰 의미를 두지 않는다. 그보다 구체적인 실제 생활에 훨씬 더 의미를 둔다. 건축이 다른 예술과 조금 차이가 있다면 겉으로 보이는 것보다 안에 담길 내용에 주력한다는 점이다. 누군가 말했듯 물이 필요한 곳에 물을 쓸 수 있게 하고, 전망이 필요한 곳에 전망을 주고, 휴식이 필요한 곳에 휴식을 만든다. 그 결과로 건축은 조성된 내부 공간에 따라 외부의 꼴을 갖추게 된다. 안과 밖의 결과가 모두 만족스러울 때 '쓸모 있음'을 넘는 그 이상의 존재가 되는 것이다. 이때가 건축이 예술이 되는 지점이다.

아름다운 건축은 삶이 가진 막연함에 구체성을 부여하고 지친 열정에 불을 댕긴다. 예술적 성취에 상관없이 물이 필요하면 물을, 전망이 필요하면 전망을, 휴식이 필요하면 휴식을 준다. 그러나 정작 해야 할 일을 간과하면서 예술 운운하는 경우도 여전히 많다. 내가 손댄 건축이 일반적 건축과는 다르다는 인상을 주기 위해 무리하면 할수록 외려 점점 더 특별함과는 거리가 멀어진다. 모든 좋은 건축에는 '평범'의 원리가 있다.

셜리의 창

생각만큼 잘 안 풀리는 입면 계획을 잠시 멈추고 인터넷에서 좋아하는
그림 몇 점을 감상하고 있다. 에드워드 호퍼의 그림에는 보이는 것 이상
의 복잡한 감정이 있다. 그림으로 전달되는 감정은 먼저 외로움, 절망감,
고독, 허무함으로 드러나다가 점차 동경, 희망, 소통, 갈망의 감정으로 이
어진다. 호퍼의 세계가 흥미로운 것은 절망과 희망이 공존하는 기묘한
구도에 있는 게 아닐까.

실제로 우리의 삶 역시 절망과 희망이 끊임없이 공존하고 있다는 사
실에 비춰보면 호퍼의 그림에 공감할 수밖에 없다. 호퍼의 그림 속 주인
공은 허무하고 외롭다. 창밖을 물끄러미 바라보는 여인, 텅 빈 레스토
랑에 커피 잔을 들고서 홀로 앉아 있는 여성, 사무실 책상에 앉아 밖을
내다보는 사무원, 커다란 창 뒤로 서로 외면하고 있는 남과 여. 늦은 밤
전면 유리창 너머로 보이는 위스키 바의 쓸쓸한 풍경. 그러다 아예 어
떤 그림은 사람이 없고 공간만 덩그러니 있다. 그 공간에 스며드는 한술
기 빛과 공간 밖을 연결해주는 창window의 존재가 유난히 크게 보이는

작은 창문을 통해 새어 들어오는

한줄기 빛이 가끔은 마음을 밝힌다.

그림들이 그렇다. 안과 밖, 사람과 세상, 나와 너. 현실과 내면의 소통을 호퍼는 창문을 통해 표현한다.

특히 호퍼의 작품 중 「모닝 선Morning Sun」은 도시 거주자라면 누구나 공감할 만한 무미건조한 정서를 잘 그려내고 있다. 햇빛의 입사 각도와 밝기를 봐서는 늦은 오후 해가 기우는 무렵으로 추정된다. 하지만 그림 제목은 어디까지나 아침 해이다.

창은 크다. 떠오르는 태양을 넉넉하게 받아들일 수 있을 만큼 크다. 바람도 잘 통할 것이다. 창틀의 높이는 침대 높이보다 조금 높다. 기분이 우울할 땐 넓은 창틀에 몸을 기대고 밖을 내려다볼 수도 있다. 그러다 뒤로 물러서 침대에 앉아 조금 먼 시야로 원경을 조망할 수도 있을 테고, 밖의 것들을 안으로 끌어들이면서 우리를 자리에 머물게 할 수도 있다. 그렇게 도시의 많은 창들은 지금도 말없이 우리를 세상과 연결해주고 있다.

창문의 일상

창문은 풍경과 빛을 조절한다. 창문은 외벽에 표정을 만들어 외관의 모양을 결정짓는다. 밖으로 보이는 풍경과 실내로 유입되는 빛을 조절하면서 실내 공간의 분위기를 결정한다. 과장해서 말하자면 집의 전반적인 분위기, 공간감, 외관을 좌우하는 가장 결정적 요소가 창문이라 할 수 있다.

건축가의 도면과 업자의 도면을 구분하는 기준 가운데 하나도 창문이다. 건축가의 도면에는 창의 크기와 위치, 비율, 높낮이가 매우 정교하게 설계되어 있다. 건축가는 설계를 하면서 창문 하나하나에서 들어오는 빛과 바깥 풍경에 대해 예민하게 따져보고, 외관의 느낌과 실내의 분위기를 반복적으로 되물으면서 창문을 계획한다. 창문과 관련된 도면들은 매우 논리적이고 기술적인 결과물이며, 한편으로는 사람의 정서와 관련된 정보를 담고 있다.

창문 자체의 규격과 사이즈가 기술적 정보를 제공한다면 창문의 위치를 결정하는 치수는 공간의 분위기를 정하는 정서적 정보라고 할 수

유리가 없는 창도 있다.
여과지처럼 바깥의 풍경을 스며들게 하는 창.

있다. 즉 창문이 어떤 높이에서 시작해서 어떤 높이로 끝나는지가 중요하다. 방에 넣을 가구나 살림살이의 규격이 제각각이기 때문이다. 사람의 눈높이에 따라 보이는 바깥 풍경도 창문 위치에 따라 결정된다. 그래서 창문 계획은 실제 거주자들의 키와 눈높이까지 고려해야 한다.

높은 가구를 낮은 창에 놓게 되면 창밖으로 가구가 노출되고, 내부에서도 가구 밑에 창이 위치해 분위기가 깨진다. 또 창이 너무 높이 있으면 창 아래 벽이 높아져서 방의 중심이 전반적으로 아래에 놓이게 된다. 무거운 느낌의 방이 되는 것이다.

창의 크기도 문제다. 창이 작으면 방이 어두워지는 문제는 차치한다 하더라도 방이 받아들이는 바깥 풍경의 크기가 협소해지므로 공간도 좁아 보인다. 창이 너무 커도 마냥 좋은 것은 아니다. 겨울철엔 열손실이 커져 춥고, 여름엔 일사량이 과다 유입되어 덥다. 그리고 커다란 창으로 외부가 너무 훤히 보이는 터라 방 분위기가 산만해지고 사생활 보호에 문제가 생긴다.

일반적으로 아파트 창문은 개인의 취향과 상관없이 공공의 표준을 바탕으로 위치와 크기가 임의적으로 결정되므로 거주자들 역시 개인의 입장을 내세우지 않는다. 하지만 단독주택은 창문에 대한 거주자의 취향과 바람을 설계 도면에 직접 반영할 수 있다.

어느 유명 소설가의 집은 서재 한가운데에 큰 창을 마주하도록 책상을 놓고 뒷벽은 책장으로 가득 채웠다고 한다. 서재의 큰 창은 북측으로 열려 있는데 뒷산이 바로 코앞에 있어 하루종일 남쪽 태양을 받는 시원한 산 풍경을 눈부심 없이 즐길 수 있다고 한다.

북측 창은 보통 어두울 것이라 생각하지만 은은한 간접 광이 집중력

에 도움이 되는 분위기를 만들어준다. 서재나 공부방, 침실로 활용하기
에는 북향이 더 좋은 선택일 수 있다. 숲을 끼고 있는 전원 속 단독주택
에서만 이런 호사를 누릴 수 있는 건 아니다. 아파트도 잘 살펴보면 주
변에 볼 만한 숲이 있는 집을 구할 수 있다. 어떤 집이든 일단 들어가면
긴 시간을 살아야 하니 어떤 풍경과 빛을 곁에 두고 살 것인지 잘 살펴
야 한다. 창문도 거주자의 선택에 달렸다.

남향집 단상

1.

감옥은 대부분 창을 남쪽으로 내지 않는다. 일조량을 없애는 것 자체가 일종의 형벌이기 때문이다. 빛이 많으면 공간이 환하고 따뜻해진다. 이런 공간에 사는 사람은 덩달아 마음이 환해지고 들뜬다.

정남향을 주향으로 가진 집은 대략 오전 열시부터 오후 네시까지 낮 동안 내내 자연이 뿜는 에너지를 얻을 수 있다. 태양 고도가 높은 여름철엔 약간의 차양만으로도 직사광선 유입을 피할 수 있다. 그늘과 양지의 적절한 온도 차는 공기 흐름을 원활하게 유도하여 서늘한 낮 시간을 가능하게 한다.

반대로 태양 고도가 낮은 겨울철엔 집 안 깊숙이 들어오는 햇볕으로 하루 동안 따뜻한 공기를 얻을 수 있다. 또한 정면이 남향인 집은 집을 밖에서 바라볼 때, 해를 등지고 집을 바라보게 되어 언제나 집의 정면이 서향이나 북향, 동향집보다 깨끗하고 청명하게 보인다.

명당에 자리잡은 고택은 남쪽에 해가 떠 있는 낮 시간에 해를 등지고 집의 정면을 바라보므로 집의 전체적인 풍채와 집 주변의 나무, 산, 하늘 등이 눈부심 없이 명료하고 깔끔하다. 누가 봐도 근사해 보이는 남향집이 명당으로 널리 회자되고 오랜 시간 명문가로 살아남았다는 건 우연이 아닐 것이다.

하지만 최근의 주택에서 남향이 꼭 갖춰야 할 요건인가에 대해서는 한번 생각해볼 여지가 있다. 낮 동안 대부분의 집은 비어 있다. 모두가 외부 활동이 빈번해져서 이른 아침부터 늦은 오후까지 사람이 없는 게 현실이다. 게다가 남향이라 한들 빽빽한 아파트 숲에서 전망을 확보하는 일 또한 쉬운 게 아니어서 차라리 북향, 동향, 서향이라 해도 전망이 좋은 곳, 즉 조망권이 나은 집이 더 유용할 수도 있다.

방향을 중시하는 이유는 빛과 함께 집에서 바라본 바깥 풍경을 중시한다는 의미다. 보다 많은 빛을 받을 수 있는 것은 좋지만 실상 우리가 남향에 집착하는 만큼 그 빛을 잘 활용하고 있는지는 한번 생각해보는 게 좋겠다.

몇 해 전, 한 일간지 칼럼에서 어떤 전문가의 글을 읽은 적이 있다. 그는 보통 오전 여섯시에 집을 나가서 오후 아홉시가 되어서야 집에 들어오고 주말에도 영업상 골프나 각종 행사로 아침부터 집을 나서야 하는 일이 잦은 사람이었다. 아이들은 학교와 학원을 돌고, 아내 역시 외부 활동이 많은 편이라 집에는 사람이 있는 시간보다 없는 시간이 훨씬 많았다고 한다. 그런데 그가 개인 사정상 일을 여러 달 쉬게 되어 늦게 일어나 종일 거실에 머무는 게 일상이 되었다. 그는 낮에 텔레비전을 보려 하니 화면에 반사되는 햇빛에 스트레스를 받았고 텔레비전의 위치를 옮기다가 결국 창에 블라인드를 달았다. 책을 읽으려고 거실 소파에 앉으면 남으로 창을 내겠소?!
생활방식과 취향에 맞는 빛의 방향이 중요하다.

햇볕에 노곤해져 바로 잠이 들어버렸다. 모처럼 길러보려고 장만한 화초는 조금 관리가 소홀해지자 강한 빛에 바로 시들었다.

가장 불편했던 점은 해를 정면으로 마주보고 있는 거실이라 전망이 늘 뿌옇고 풍경이 또렷이 보이지 않는다는 거였다. 넓은 남향 창은 볕이 좋은 맑은 날일수록 바깥 풍경을 흐리게 만들었다. 그가 쓴 칼럼은 익숙함 속에 가려진 불편함에 대한 내용이었다. 그는 지금 어떤 집에서 살고 있을까. 다시 바빠져서 그 불편을 잊고 사는 건 아닐지, 조금 궁금해진다.

2.

처음 도면 그리는 법을 배울 때, 도면 아래쪽이 남쪽이고 도면 위쪽이 북쪽이 되게끔 방향을 잡아 그리는 것이 정석이라 배웠다. 통상 건축 도면을 보면 방위 표시가 있는데, 만일 방위 표시가 없다면 도면 아래쪽이 남쪽이라고 생각하고 보면 대체로 맞다. 가령 주택을 설계할 때 이 방법대로 그리게 되면 도면 작성자는 설계를 하는 내내 한낮의 태양이 되는 셈이다.

주택 설계를 하다가 공간이 잘 풀리지 않으면 도면을 옆으로 돌려놓고 설계를 한다. 대체로 한낮의 태양 입장을 고수하며 그리다가 가끔은 떠오르는 태양의 입장이 되어보는 것이다. 그러다보면 막혔던 공간이 하나씩 풀리기도 하는데, 남향 아파트의 관점에서 벗어나 집을 바라보게 된다. 해가 떠오르는 동향의 관점으로 집을 보면 아주 뜨겁지도 아주 그늘시시도 않는 중산사 입상에서 노년을 그릴 수 있다. 평소의 나와는 전혀 다른 취향의 건축가가 내 몸에 들어와서 설계를 하는 기분이 들기도 한다.

이른 아침 볕이 길게 스며들어오는 은은한 침실과 정오의 강한 햇살을 처마 뒤에서 받아내는 부엌, 서향의 가늘고 긴 빛이 벽에 반사되어 들어오는 서재와 응접실, 밤하늘의 별을 볼 수 있는 욕실이 그 설계 안에 있다. 하지만 오늘 아침에도 남향에 커다란 창이 달린 ○○아파트에 살고 있을 어떤 가족은 덜 깬 잠에 인상을 찌푸리며 집을 나설 준비를 했고, 그때 떠오르는 태양은 불러도 대답 없는 아파트 측벽만을 하염없이 때리고 있었을 것이다.

아침 일찍 일터와 학교로 나가 해가 져야 들어오는 생활 속에서 외로운 거실을 홀로 비추고 있는 한낮의 태양은 무슨 의미가 있는 걸까, 생각해본다. 그 의미를 헤아려보는 집이 필요하다.

장소와 생각

잘 정리되지 않던 문제들이 어떤 장소에서는 너무 수월하게 정리되는 현상을 아시는지. 이렇게 말하고 보니 마치 생각과 장소 사이에 묘한 관계가 있는 것 같아 괜히 흥미진진해진다.

가령 사무실에 콕 박혀서 골치 아픈 문제에 대한 답을 구할 때는 진부한 결론만 나오다가 잠깐 쉬러 산책이나 할 요량으로 공원이나 골목을 어슬렁거리다보면 좋은 생각들이 봄날 벚꽃 터지듯 툭툭 튀어나온다. 그런데 다시 사무실로 들어오면 좀 전의 신선함은 온데간데없고 다시 벽에 가로막히며 생각이 막막해지는 기이한 현상.

조용한 방이나 도서관이 아니라 굳이 시끄럽고 어수선한 별 다방 테이블이 공부도 잘되고 일도 잘되는 듯 느껴지는 것 역시 마찬가지다. 장소가 변하면 생각도 변하기 마련이니. 그렇다고 믿고 있어서 그런 탓도 물론 있겠지만…….

공간이 건네는 말

파리의 서점 셰익스피어 앤드 컴퍼니Shakespeare and Company에 갔을 때의 기억 하나. 서점을 둘러보다 책장 구석에서 낡은 표지 하나를 발견했다. 먼지를 훑어내고 보니 탈색된 금박으로 찍혀 있는 1895란 숫자와 샤를 보들레르Charles Baudelaire라는 익숙하면서도 낯선, 저자의 이름이었다. 이 책은 같은 자리에 얼마나 오래 있었던 걸까. 얼마나 많은 사람들이 나처럼 이 책을 무심코 발견한 다음, 표지의 먼지를 훑어내고 1895라는 숫자와 보들레르라는 이름을 만났을까.

이런 서점은 단순히 책을 사고파는 상점이 아니다. 책과 사람이 극적으로 만나는, 아름다운 순간들을 간직하고 있는, 시간의 박물관이다. 공간을 더듬다보면 정작 그 공간 자체의 물리적 형태나 건축적 요소를 뛰어넘는 측정 불가능한 분위기가 있다. 특이한 냄새, 공기의 흐름, 시간의 흔적 같은 건축 외적인 요소가 생생하게 감지된다. 더러 공간의 본질은 공간을 제외한 나머지 요소를 음미해야 설명이 되는 경우가 있다.

누구나 인생을 살며 평범한 생활 속에서도 미세하게 다른 장면들을

세심한 눈길로 공간을 들여다보면 삶은 종종 낯선 풍경이 된다.

포착할 수 있다. 반복되는 일상 어딘가에 숨어 있는, 평범한 시공간들의 이면을 조금 깊게 들여다보는 여유를 조금만 확보할 수 있다면 말이다.

세심한 눈길로 공간을 들여다보면 삶은 종종 낯선 풍경이 된다. 어떤 건축물에 시간이 입혀지고, 그 시간이 이야기로 남겨지면 그것은 더이상 단순한 건물이 아닌 특별한 '장소'가 된다. 우리는 비로소 건물이 우리에게 말하려고 했던 게 공간 자체가 아니라 그 안에 담긴 이야기라는 점을 알게 되는 것이다.

우리는 죽은 유적을 통해 살아 있는 현재를 들여다볼 수 있다. 시간은 형상도 없고 잡을 수도 없는 것이지만, 공간을 통해 시간의 실제를 온몸으로 감각할 수 있다.

공간에 시간이 섞일 때

'시간이 없다면 모든 것은 완벽한 공백'이라는 말을 어떤 책에서 본 기억
이 난다. 내게 이 말은 시간이 없다면 세상도 없다는 이야기로 들린다.
시간 없는 세상은 움직이지 않는, 정지된, 굳어 있는 상태다. 시간 없는
상태란 결국 아무것도 존재하지 않는다는 것이다.

시간이 있어야 공간도 존재하고 삶도 움직인다. 그런 의미에서 삶의
시간은 마치 축구경기의 타이머 같다. 주심의 타이머가 멈추면 경기가
바로 끝나버린다.

만일 어딘가에 위대한 건축물이나 공간, 장소가 있는데 그것을 그냥
물체로만 보고 그 안에 담긴 시간을 간과한다면 그 공간과 장소는 우리
에게 뭔가를 이야기하려다 멈칫할 것이다. 그리고 바로 그 지점에서 우
리의 의식과 기억도 정지한다. 의미 없이 스쳐 지나가게 되는 것이다.

"차분히 보지 않으면 어떤 것도 이해할 수 없게 된다."

이 말은 폴 오스터의 소설 『오기 렌의 크리스마스 이야기』(열린책들,
2001) 중 한 대목이다. 그다음 이어지는 이야기를 더 들어보자.

"나는 다른 앨범을 집어 들고 좀 더 차분히 보려고 애썼다. 작은 변화에 주의를 기울였다. 날씨 변화들을 주목했고 계절이 변함에 따라 달라지는 빛의 각도를 주시했다. 마침내 매일 조금씩 달라지는 거리의 흐름에서 미묘한 변화가 있다는 것을 파악할 수 있었다. 활기찬 주중의 날들 아침, 비교적 한산한 주말, 일요일과 토요일의 차이. 같은 요일에 따른 변화도 예측할 수 있게 됐다. 그러고 나자 조금씩 배경에 있는 사람들, 즉 일터로 나가는 사람들의 얼굴이 보이기 시작했다. 매일 아침 같은 사람이 같은 지점을 지나고 있었다. 그들은 오기의 카메라에 잡힌 공간 안에서 그들 삶의 한 순간을 살고 있었다."

이 소설을 영화로 만든 웨인 왕 감독의 「스모크」에는 매일 아침 정각 일곱시 뉴욕 애틀랜틱 애비뉴와 클린턴 스트리트가 만나는 교차로 한 구석에서 같은 각도로 사진을 찍는 담뱃가게 주인이 나온다. 그가 오기 렌이다. 그는 하루에 5분씩, 4000번의 아침을 그런 식으로 기록하고 4000장의 사진을 남겼다. 같은 장소, 매일 같은 시각에 긴 시간 동안 반복적으로 사진을 축적하는 일에는 무슨 의미가 있을까.

오기 렌의 비슷비슷한 사진 속에 등장하는 공간과 시간은 제각각 미묘하게 다른 빛깔과 느낌으로 기록되었다. 그 공간을 오가던 사람들의 표정과 일상의 풍경들, 그 속에 숨겨져 있는 세심한 감정이 정지된 '시간'으로 남은 것이다. 그리고 수많은 사진 중에는 그의 인생에서 가장 소중했던 한 사람의 모습도 담겨 있다.

허공의 위로

살아보니, 집 안에 허옇고 멍하니 바라볼 수 있는 공간이 하나쯤 있으면 참 좋은 것 같다. 효율성 따지고 가성비 따지는 피곤한 세상살이 속에 집 안을 돌아다니다가 문득 바라보는 것만으로도 텅 빈 그 허공이, 나름의 치유와 위로가 되어준다.

집 의 기운

나는 여전히 집이든 사람이든 직접 겪어보지 않고는 뭐라 말할 수 없다고 생각하는 사람이지만, 종종 (의외로 자주) 특이한 예외가 있다는 점도 잘 알고 있다. 대략 이십여 년 전에 이사를 위해 아파트를 보러 다니면서 본 어떤 집이 생각난다.

부동산 사장님과 처음 현관문을 열었을 때 내부는 텅 비어 있었다. 때는 막 장마가 끝난 7월 말이었는데 문을 열고 현관으로 발을 한걸음 들여놓자 왠지 낯설고 서늘한 한기 같은 게 몸을 감쌌다. 장마에 남아 있을 습기라 하기엔 너무 직접적인 한기랄까. 불길하기도 하고 피부에 닿는 감각이 꽤나 불쾌했다.

60평이 넘는 집이라 복도가 길었고 꺾어진 골목과 빛이 들지 않아 어두운 구석이 많았다. 좌우 벽과 위아래 층이 막혀 있고 앞뒤로만 창을 낼 수밖에 없는 구조의 아파트라 평수가 커지면서 어쩔 수 없는 부분이었겠지만 심할 만큼 어둑어둑한 게 기분이 이상했다.

방을 둘러보고 복도를 지나며 몸에 솜털이 일어나고 머리털의 반절 정도가 쭈뼛 천장으로 당겨지는 느낌이 들었다. 이상한 느낌을 떨치려 "집이 오래 비어 있었던 것 같네요"라고 부동산 사장님께 물었더니, "아뇨, 그리 오래되진 않았어요"라는 답변이 돌아왔다.

어머니도 동행했는데, 표정이 썩 밝지 않았다. 그래도 엄청 넓은 집이었고 주변보다 싸게 나온 터라, 세간살이 들어오고 살다보면 괜찮겠지라고만 생각했다. 그리고 얼마 후 그 집으로 이사를 왔다.

결과적으로 말하면, 그 집으로 이사 후 많은 것을 잃었다. 식구 같은 강아지를 잃고 큰돈을 잃고 집을 잃고 믿었던 사람마저 잃었다. 그 집으로 이사를 오면서부터 모든 일이 연쇄적으로 일어났다. 지금도 가끔 생각해본다. 그때 그 집에 살지 않았더라면 우리 가족에게 그 일들은 일어나지 않았을까? 집을 잔잔히 휘감고 있던 기묘한 기운의 정체는 무엇이었을까?

이 년 넘게 여러 일을 겪은 후 결국 집을 내놓고 다른 집으로 이사를 갔지만 그 집에서 겪은 시간의 그늘은 생각보다 오랫동안 남았다. 그 그늘만큼 여러 가지 일이 오래 엉켰던 바람에 우리 가족은 몇 년 더 마음 고생한 후에야 안정을 되찾았다.

듣기에 따라선 황당한 기담같이 들릴 수도 있다. 하지만 집은 사람의 오감으로 판단할 수 없는 영역이 존재한다. 그 경험 이후 나는 집이 어떤 고유의 기운을 가진 존재라는 믿음을 갖게 되었다. 그래서 설계할 때 논리적으로 설명하긴 어렵지만 그 집에서 살았던 경험을 떠올리면서 좋은 기를 만들어보려고 애를 쓴다.

집의 복도가 길어 벽이 많아지면 심리적으로 답답하거니와 그늘이 많이 생겨 집 안 공기가 전체적으로 습해진다. 그러다보니 환경적으로도 공기 흐름이 선적으로 흐르게 되어 기운이 모이고 빠질 때를 적절히 찾지 못하고 제자리에 맴돌면서 정체된다.

아파트의 대형 평형은 복도가 긴 평면 형태가 있는데 현관에 들어섰을 때 정면으로 복도 끝이 보이는 것은 좋은 기분이 들지 않는다. 긴 복도의 끝에 거울까지 두게 되면 현관에 들어설 때 왠지 집 밖으로 밀려나는 느낌을 강하게 받는다.

구석진 공간이나 막다른 공간이 가급적 없는 집이 좋다. 미로 같은 좁은 길과 쓸데없이 동선이 많이 구부러지는 집은 안 보이는 사각지대가 많다. 자연스레 집 안 온기가 순환하지 못하고 낯설게 느껴지는 냉한 구석이 생기게 된다.

사실 꺾어지고 구부러진 구석이 많다 해도 빛만 충분하다면 큰 문제는 없다. 하지만 집이 커도 왠지 모르게 빛을 꼭 받아야 하는 부분에서 막히거나 시야가 터져야 하는 부분에 벽이 서 있거나, 안 보이는 구석이 생기게 되면 불길한 기운이 싹을 틔운다. 이런 집은 실내등을 다 켜거나 화창한 대낮에도 환한 느낌이 없다. 빛을 흡수해서 소멸시키는 블랙홀 같다고 해야 할까.

그 집을 처음 만났던 그날, 어머니와 나는 각자의 직감을 믿어야 했다. 그 집을 떠난 후 그간의 고생을 회상하며 어머니가 하신 말씀은 이러했다.

"그날 집 문을 열고 한 발짝 딱 떼는데 음습한 기분이 드는 거야. 현관 바닥을 보다가 고개를 들었는데 복도 끝에서 부엌 쪽으로 검은 뭔가가 휙 지나가는 걸 봤어. 너도 봤니?"

글쎄. 이렇다저렇다 대답은 안 했지만, 솔직한 내 첫 느낌을 말하면

어머니가 본 것을 알 것도 같다. 한동안 비어 있었다는 그 집에 마주치
지 않은 누군가 머물고 있다는 느낌을 받았으니까.

'뭔가 있다.' 이게 그날 나의 첫 느낌이었다.

한옥을 기억한다

나의 시골, 그러니까 내 아버지가 태어나셨던 남양주시에 위치한 평내리는 지금은 신도시가 되어 고층 아파트가 무척이나 많이 지어졌다. 아주 어린 시절부터 최근 십 년 전까지 근 삼십 년 동안 나의 시골 마을은 청평과 춘천을 오가던 청량리발 완행열차가 지나가던 간이역이 있는, 천마산 서쪽 자락의 촌구석이었다.

그 촌에 있던 나의 큰집, 즉 큰아버지의 집은 조선시대에서 튀어나온 듯한 기와집으로, 솟을대문과 ㄱ자의 안채, 다섯 칸 정도의 행랑채를 가진 아담한 양반집이었다. 대략 백오십 년 전에 지은 집이라는 동네 어른들의 이야기를 어릴 적에 들었는데, 조선 말기에 지은 집이었다. 대략 1860년 정도가 아니었을까. 아버지의 할아버지의 아버지쯤 되는 분이 지었다고 하니 말이다. 내겐 너무나 까마득한 조상님들이다. 그래서 나는 어린 시절, 큰집에 갈 때마다 집 주변을 배회하며 할아버지의 아버지를 내 멋대로 상상해보곤 했다.

안채는 기와지붕이 웅장하게 올려 있고 벽은 황토로 발라져 볕을

강릉 선교장 활래정의 차경(借景)은

어릴 적 시골집 별채를 떠오르게 한다.

받으면 짙게 물들었다. 황토에 판돌이 박힌 어른 키 높이의 담과 그 안의 마당은 다진 백토가 깔려 있었다. 그리고 부엌 옆 마당에는 우물이, 뒷마당에는 대추나무와 텃밭이 있었다. 여름에 대청마루 뒤 덧문을 열어놓으면 바람이 대문을 거쳐 마당을 지나고 대청을 돌아 덧문을 통해 뒷마당으로 흐르는 게 몸으로 느껴졌다.

대청에 드러누우면 오래된 나무 바닥을 통해 서늘한 음지의 기운이 올라왔다. 황토, 나무, 돌 같은 천연재료로 만든 집이고 주변에는 나무와 풀이 많다보니 아파트에 살던 어린 내 눈엔 집이 야생의 일부처럼 보였다. 내외부의 구분이 없다보니 온갖 벌레와 먼지 같은 주의해야 할 것들이 곳곳에 잠복해 있었다.

콘크리트와 아스팔트, 인공적으로 조형된 놀이터와 조경에 익숙해진 어린아이에게는 불안한 환경이었을 것이다. 마당에 비가 떨어지면 비의 세기에 따라 소리가 다르게 났고 아침과 밤이 달랐다. 바람도 계절마다 마당의 큰 느티나무에 쓸려 오묘하게 다른 소리를 냈다. 눈이 쌓이는 소리, 잎이 떨어지는 소리, 심지어 달그림자가 마당에 일렁거리는 모습을 보고 그 소리까지 들었다. 이게 무슨 소리인가 싶을 테지만 아파트에서 내내 살아온 내가 한옥의 경험을 얻을 수 있었던 것은 순전히 그 시골집 덕분이다.

어쩌다 한번 가는 시골이었고 지금은 전부 사라진 공간이지만 그때의 집에 대한 인상과 기억은 여전히 생생하다. 아파트에 쓸려 사라진 지금도 소멸한 집터를 찾아가 집의 흔적을 더듬어보면 그때의 공간이 어렴풋이 떠오른다.

집에 있어 중요한 부분은 실제적인 삶과 그 속의 새겨진 기억이다.

사람은 그 기억으로부터 이해하고 체득하는 고유의 정서를 누구나 가지고 있다. 가끔 그 집을 이루던 여러 가지 재료들과 집 주변에서 자유분방하게 호흡하던 자연이 떠오른다. 내게 한옥은 그런 기억으로 남아 있다.

기 다 림

돌아가신 외할아버지는 늘 기본을 이야기하셨다. 입버릇처럼 여러 번 당부하신 당신의 말씀 한 토막.

"인생은 기다리는 세월이 절반이다. 기다리는 시간을 통해 세상과 나, 남과 나 사이의 간격을 조금씩 이해하게 된다. 기다림 덕분에 서로의 차이를 존중하고 마음대로 안 되더라도 흔들리지 않는 신념이 생긴다. 그러니 당장 눈앞에 보이는 이익은 경우에 따라 내려놓을 수 있어야 하고, 가능하면 멀리 보고 사소한 것부터 실천할 수 있어야 한다. 크고 작은 실천의 축적이 있어야 성공한다. 작은 것을 쌓아가지 않고 단번에 성공하는 건 진정한 성공이 아니다. 머지않아 크게 실패하게 된다. 기다림의 크기가 한 인간이 가진 인생의 크기다."

좋은 담배 한 보루 사드리면 단골 담뱃가게에서 싸구려 담배 세 보루로 바꿔 피시던 할아버지, 할아버지를 떠올릴 때마다 그때 그 말씀을 되새기게 된다. 덕분에 집을 지을 때마다 좁고 약해지는 내 기다림의 크기가 조금은 넓고 단단해지는 것 같다.

상 량

옛집에서 대들보는 단단함과 풍채도 중요했지만, 무엇보다 형상이 중요했다. 수백 년 동안 집을 지탱할 만한 나무의 내공과 신기를 보여줘야 했다. 그런 나무는 풍파를 겪으며 형태는 고초를 당해 조금 비틀어지고 휘어졌을망정 버텨온 시간과 위엄이 느껴져야 더 가치가 있었다. 목수 입장에서는 집의 규모와 크기에 맞게 땅에서 분리하고 하늘을 짊어지는 지붕이 집의 하이라이트였다.

야생의 좋은 소나무를 발견하는 행운이 아무에게나 있는 일은 아니어서 궁궐이나 권세가의 저택에 들어갈 대들보로 쓰일 재목은 집을 짓기 전부터 오랜 시간 전국을 돌아다니며 어렵게 찾았다. 그리고 믿기 힘든 이야기지만 어렵게 구한 나무가 너무 곧은 게 오히려 자연스럽지 못하다고 여겨서 풍파에 뒤틀린 자연목처럼 구불구불 다듬어 억지로 가공하는 일도 있었다. 말하자면 자연 그대로인 나무를 더 자연스러워 보이도록 성형하는 일이었다. 신선들이 노니는 산봉우리에서 살았을 법한 자유분방한 대들보들은 대체로 그렇게 만들어졌다.

집을 지을 때 기둥에 보를 얹고
그 위에 마룻대를 올리는 일, 상량.
집의 뼈대가 완성될 때 집을 짓는 사람과
집에 살게 될 사람의 안녕을 빌며 상량문을 쓴다.

　건물의 최상부인 지붕을 잘 만드는 일은 지금도 옛날과 마찬가지로
어렵다. 지난주, 지후네 집 지붕에 콘크리트를 부어서 상량하고 구체방
수액을 도포해 1차 방수막을 씌웠다. 이후에 그 위로 단열재를 붙이고
금속 지붕을 평평하게 받쳐줄 파이프를 박았다. 이번주에는 방수 합판
을 지붕 모양대로 빈틈없이 올려붙이고 방수 시트를 덮었다. 그리고 다
음주에는 징크 시트를 붙일 예정이다. 재료를 바꾸고 방식도 바꾸고 세
월도 바뀌지만 지붕을 만드는 건 한번에 되지 않는 법이다.

　좋은 나무를 찾아서 다듬어 쓸 만한 대들보로 만들고 그 큰 기둥인
대들보 사이에 올려 상량하고 서까래와 용마루를 올리고 흙과 짚을 개
어 틈새를 붙이고 다시 그 위에 기와를 올리던 과정의 수고는 예나 지금
이나 달라진 게 없다.

셈법

"책임지고 자기 일 안 해본 사람들은 셈법이 좀 이상해"라고 종종 말하던 선배가 있었다. 구멍가게라도 자기 이름 걸고 일 안 해본 사람은 자기가 한 일보다 항상 더 큰 몫을 바란다는 거였는데 적게 일하고 많이 바라는 봉급자 마인드의 한계라는 조롱 섞인 푸념이었다. 한참 오래된 일인데 그땐 나도 봉급 생활자여서 속으로 삐딱하게 그 이야기를 들었던 기억이 난다.

요즘 와서 종종 그 선배가 했던 말이 어떤 의미인지 알 것도 같다. 내 이름 걸고 일한 지 여러 해 지나고 나니 이제야 겨우 스스로 일을 만들어서 살아가는 직업인으로서의 태도를 갖추게 되었다. 일의 전체적인 얼개가 눈에 들어오니 조금은 넓은 시야에서 일을 바라볼 줄 알게 된 것이다. 한 것만큼 외엔 바라지 않고, 져야 할 책임만큼 돈을 벌 수 있는 것이 세상 논리다. 그 너머를 바라는 것은 투정이나 욕심이라는 걸, 나름의 대가를 치르고 여러 차례 일의 궤도를 수정해본 뒤에 알게 되었다.

가끔 들인 노력과 돈에 비해 뭔가를 당연한 듯 더 바라는 이들을 보면 오래전 선배가 했던 말이 생각난다. 셈법이 다르니 그때나 지금이나 동상이몽이긴 하지만.

싸고 좋은 집

1.

세상에 싸고 좋은 집은 없다. 그렇지만 우리는 늘 싸고 좋은 집을 바란다. 싸고 좋은 집이 당연하다는 듯 말하는 건축주들에게 예전엔 그런 건 없다고 딱 잘라 말하거나, 공짜 좋아하면 업자 잘못 만나 당하는 경우 많다고 슬쩍 겁을 주기도 했다. 그런데 건축주 입장에서 내 집을 지어보니까 그런 욕심들이 어느 정도는 이해되고, 진짜 불가능한가에 대해 건축주 입장에서 진지하게 생각해보기도 한다.

잡지나 인터넷에서 멋진 사진으로 접한 집들을 보며 눈높이가 높아진 상태에서 이야기하는 좋은 집이란 대부분 비용이 충분히 받쳐줘야 가능한 집이다. 그런 사례와 사진 등을 보여주며 '이 집과 비슷하게, 대신 싸게'라고 요청하는 건 물건으로 치면 명품 브랜드의 짝퉁을 만들어 달라는 얘기나 마찬가지. 성능을 기본적으로 챙겨야 할 주거 공간을 짝퉁 만들 듯 접근하다간 살면서 마음고생이 끊이질 않게 된다. 그러면 싸고 좋은 집을 짓기 위한 기준은 어떻게 잡아야 할까. 일단 가진 돈에

맞는 집의 면적과 자재, 시공법의 수준에 만족하고 대신 그 수준 안에서 최대한 좋은 선택을 해야 한다. 단열, 방수, 골조 등 성능과 직결되는 부분만큼은 돈이 조금 들더라도 비용을 쓰도록 하고 철저한 시공을 요구해야 한다.

예산이 많지 않다는 것은 매번 선택의 기로에서 둘 중 하나이거나 혹은 셋 중 하나를 골라야 한다는 걸 의미한다. 둘 다 혹은 셋 다 마음에 드는 선택을 할 수는 없다. 하지만 그것이 꼭 부실한 집, 성능에 문제 있는 집을 의미하지는 않는다. 싸고 좋은 집이란 성능은 지키면서 선택 가능한 마감재에선 욕심을 버리는 방향으로 지어진 집을 말한다.

비용 부담을 만드는 자재와 디자인, 시공법을 초기부터 체크하는 게 중요하다. 설계에서 제대로 검토되지 않은 집은 시공 단계로 가면 부실 공사나 추가 공사비를 감당해야 하는 상황을 만나게 된다. 싸고 좋은 집은 일차적으로 설계에 달려 있다.

2.

한번은 이런 사람을 만났다.

"건축은 예술이죠. 건축에서 설계가 얼마나 중요한지 잘 압니다. 건축가의 역할이 중요하다는 것도 잘 알고 있어요. 건축가들은 누구나 아티스트가 되고 싶어 한다는 걸 (난 물론 그런 사람은 아니지만) 잘 압니다. 부디 당신 철학과 의도가 충분히 반영된 멋진 집을 부탁드립니다. 진정한 건축가들은 저렴한 비용으로도 작품을 만드는 아이디어가 있는 분들이잖아요. 돈 많이 들여 잘하는 거야 누가 못합니까. 싸게 잘해야 실력이죠…… 이러쿵저러쿵. 아, 하나 빼먹은 게 있네요. 가급적이면 이 집과 똑같이 설계해주시면 좋을 것 같아요. 이 집 진짜 예술 아닙니까?"

　의뢰인은 스마트폰을 손가락으로 홀홀 넘기더니 어디선가 많이 본, 유명 외국 건축가의 작품 사진을 보여줬다. 누구든 그렇다. 건축 앞에서는 이상이 현실을 앞선다. 집을 지어야겠다고 마음먹는 순간, 이상과 현실 사이에 뿌연 안개가 점점 드리워진다.

첫 대화

집을 지어야겠다고 마음먹고 주변을 둘러보니 좀 막막하더라는…… 그래서 이래저래 집 지어줄 사람 없는지 찾아보고 만나보다가 연락을 하게 되었다는 말씀들.

사무실에 처음 방문한 건축주는 대개 어떤 이야기부터 시작해야 할지 주저하다가 "무슨 이야기든 하고 싶은 이야기를 하시면 됩니다"라고 말씀드리면 천천히 오랜 시간 마음에 담아온 이야기를 펼쳐놓기 시작한다.

집을 짓겠다고 생각한 후부터 마음속에서, 혹은 머릿속에서, 이런저런 이미지와 정보는 쌓여가는데 딱히 그것을 풀어놓고 편히 이야기할 상대가 마땅치 않았을 것이다. 그러다보니 그렇게 시간이 흘러간 누군가의 집 이야기는 강을 따라 흘러내려온 흙이 미처 바다로 가지 못하고 강턱 어딘가에 모래톱이 되어 쌓여버린 느낌을 준다. 그래서 설계의 첫 번째 일은 대개 그렇게 쌓인 모래톱 속의 사연을 한 줄씩 꺼내도록 도와주고 함께 공감하는 시간이다.

별별 이야기가 다 나온다. 어린 시절 이야기, 학창시절, 결혼 후 어떻게 살아왔는지, 부모와의 관계, 아이에 대한 생각, 미래의 이야기 등등. 사연자의 스타일에 따라 끝없는 이야기가 이어지면서 순식간에 몇 시간이 흐른다. 그래봤자 사오십 년 살아온 삶을 서너 시간에 설명하긴 어려울 것이다.

첫 대화가 건축가나 건축주에게 좋은 시간이었는지는 대화가 끝나는 순간 알 수 있다. 이야기를 마친 후 겸연쩍은 표정을 지으면서도 뭔가 홀가분해하는 건축주들에게서 그간 답답하게 자신 앞에 드리웠던 벽 하나를 치운 상쾌함이 보인다. 대화 상대였던 건축가에게도 그런 상쾌함은 언제나 기분 좋다.

건축, 집짓기를 간편하게 눈으로 드러나는 건물로만 한정한다면 할 수 있는 대화란 대부분 돈 이야기, 일정 이야기, 기능에 대한 이야기가 전부일 것이다. 하지만 집이란 그런 현실적인 논의만으로 완성되지 않는다. 먼저 그것을 같이 지어나갈 사람들끼리의 공감대와 이해가 필요하다. 어떤 의미로든 건축가와 건축주가 나누는 대화는 장차 지어질 집의 일부가 된다. 벽돌 한 장을 쌓고 다음 장을 쌓듯 대화로 집을 지어나가는 것이다.

첫 대화에서는 가급적 집에 대한 이야기는 하지 않는다. "뭘 원하세요?" "뭘 해드리면 될까요?" 하고 직접 물을 수도 있지만, 먼저 그 사람을 이해하는 것이 중요하기 때문이다. 설계는 대화로 시작해서 대화로 끝난다. 집이 완성되는 날까지 그렇다.

걱정들

설계 계약을 끝내고 건축주와 이런저런 이야기를 나눴다. 오랜 고민 끝에 집을 짓기로 결정했지만 본격적인 걱정은 지금부터가 시작이다. 말끝마다 걱정이 묻어난다. 집짓기에 첫 발을 뗄 때는 모든 사람의 마음은 다 같다. 걱정이란 본래 꼬리에 꼬리를 물고 점점 더 많은 걱정을 만들어내는 법. 하지만 미리 걱정한다고 미래의 걱정이 줄거나 걱정의 총량이 덜어지지는 않는다. 각자 가진 걱정 주머니의 종류와 크기는 조금씩 다 다를 테니까.

걱정을 조금 덜면서 집짓기를 시작하는 방법 하나는, 내 가족의 생활에 대해 떠오르는 것들을 모두 적어보는 것이다. 순서도 필요 없고 맥락도 필요 없다. 생각나는 순서대로 적으면 된다.

가치관, 가훈, 교육 방식, 가족이 좋아하는 것과 싫어하는 것, 가족 구성원 저마다 중요하게 생각하는 것, 개개인의 성격, 취향, 취미, 좋아하는 색, 좋아하는 공간이나 장소, 좋다고 생각되는 집에 대한 이미지, 어린 시절에 살았던 집, 부러웠던 남의 집, 영화에서 본 집 등등.

집에 대한 이런저런 생각과 상상들을 키우다보면 점점 구체적인 그림들이 머릿속에 그려지기도 한다. 이를테면 욕조에 몸 담그고 하늘을 바라보는 욕실의 풍경, 갖가지 식물이 자라는 작은 정원, 남들 시선에서 자유로운 오붓한 마당, 미끄럼틀과 그네, 넓은 주방과 식당, 혼자 놀기를 위한 아늑한 다락…… 그리고 늘 고민해야 하는 내가 가진 예산.

적다보면 이것들이 내 삶을 이루는 실제적 요소라는 걸 알게 된다. 이 주제에 대해 방향을 잡고 결정을 하려면 나와 내 가족이 지금껏 어떤 삶을 살아왔고 앞으로 어떤 삶을 살고 싶은지 진지하게 생각해봐야 한다. 내가 원하는 집을 지어야 하기 때문이다.

아파트에서 줄곧 살아온 이들에게 집짓기는 지금까지 해보지 않았던 고민을 하게 만들 것이다. 그런 측면에서 건축설계란 잘 안 하던 고민을 모아 집이라는 형상으로 구체화하는 과정이다.

"걱정을 많이 해서 걱정이 없어진다면 걱정이 없겠네"라는 티베트 속담이 있다. 설계의 출발점에선 걱정보다는 꿈이 필요하다. 꿈이 생기는 순간 바로 걱정으로 바뀌긴 할 테지만.

판단과 결정

집짓기 중에 발생하는 다양한 문제에서 바른 판단과 결정은 결국 그 일에 가장 깊숙이 발을 담그고 있는 사람이 해야 할 몫이다.

내가 하는 일이라는 느낌과 책임감이 있어야 몸이 알아서 일에 관한 모든 것을 챙기고 자발적으로 반응하기 때문이다. 그런 책임자로서의 마음가짐이 없다면, 작은 판단과 결정조차 주저하고 매번 어려운 선택과 결정이 따른다. 책임의 결과에 확신이 없기 때문이다.

일의 전후 파악, 전체적인 윤곽, 긴 일정과 짧은 일정, 다양한 변수, 각종 상황에 대한 준비 등등. 스스로 책임자라는 당연한 압박을 실감하며 진행하는 일이어야 작은 상황에서도 헤매지 않는다. 관람하는 사람 입장에서 훈수만 두는 것으로는 무슨 일이든 좋은 결과를 내기 어렵다.

측벽

영화 「부에노스아이레스에서 사랑에 빠질 확률」의 원제목은 'Median-
eras'로 '측벽'이라는 뜻이다. 우리말 제목과 원제목의 차이가 너무 커서
제목만으로는 대체 어떤 내용의 영화인지 전혀 감을 잡을 수 없다. 영화
는 이웃한 두 개의 아파트 건물, 작은 원룸에 사는 남자 마틴과 여자 마
리아나의 이야기다.

　삭막하고 몰인정한 (발코니에 방치된 개가 투신자살을 할 정도의) 대도
시 부에노스아이레스에서 고독하게 살아가는 남녀의 집은 수많은 세대
가 밀집되어 있는 고층 아파트다. 웹디자이너 마틴은 하루종일 좁은 집
에 박혀 생활한다. 낮과 밤의 의미가 없는 공간에서 그는 늘 새벽 두시에
잠이 들어 두시 오십분에 잠이 깨는 불면증에 시달린다. 마틴은 공황장
애를 겪고 있다. 한편 옆 건물 마리아나는 건축가다. 하지만 일거리가 없
어 의류 매장의 쇼윈도 장식 아르바이트를 하며 살아간다. 옛 애인을 잊
지 못하는 그녀의 대화 상대는 쇼윈도의 마네킹이다. 마리아나는 고소
공포증을 갖고 있다.

영화에서 인상적인 장면은 부에노스아이레스의 도시 풍경을 다큐 방식으로 편집한 인트로 부분이다. 건조한 도시의 스틸컷이 지나가면서 남녀의 내레이션이 5분 넘게 지속된다. 마틴이 말한다.

"다른 기성품처럼 사람의 등급을 나누기 위해 집이 만들어진다. 전망좋은 집과 나쁜 집, 고층과 저층, 빛이 드는 집과 안 드는 집으로. 확신하건데 별거와 이혼, 가정폭력, TV 채널의 홍수, 대화의 단절, 무기력, 무관심, 우울증, 자살, 노이로제, 공황발작, 불안, 스트레스…… 이 모든것은 건축가 때문이다."

하릴없이 포장용 에어캡을 터트리다가 데이트도 하고 섹스도 하고 월리도 찾고 컴퓨터 게임을 하며 각자의 삶을 살던 두 사람은 어느 날 집안의 벽을 망치로 뚫어 구멍을 낸다(당연히 불법 공사다). 그러자 등을 돌리고 서 있던 두 건물 측벽에 볕이 들어오고 밖이 보이며 서로 마주보는 작은 창문이 생겼다. 창을 통해 서로의 존재를 알게 된 것이다.

창을 내기 전까지 마리아나는 측벽에 대해 이렇게 생각했다.

'모든 건물에는 쓸모도 없고 이유도 없는 부분이 있다. 정면도 후면도 아닌 측면이다. 우릴 경계 짓고 먼지만 먹는 공간. 우리의 나쁜 속성을 그대로 보여준다. 변덕, 균열, 임기응변, 카펫 밑에 쓸어넣는 먼지 같은 것들……'

창이 생기자 마리아나는 다시 말한다.

"측벽에 난 작고 불규칙하고 무책임한 창문이 칠흑 같은 삶에 한줄기 빛을 비췄다. 인생에서 거저 얻어지는 변화는 없다. 결단과 행동이 일상을 바꾸고 인생을 변화시키는 힘을 만든다."

빠른 속도와 효율이 지배하는 도시에서 우리는 옆을 볼 시간을 갖지 못한 채 살아간다. 자신 있는 면面만 보여줄 수 있는 SNS와 실시간 메신저 덕에 네트워크 속 친구들이 다양하고 풍부해질수록 우리는 점점 더 외롭고 고독해진다. 세심히 들여다보지 않으면 놓치기 쉬운 옆면과 그늘진 뒷모습, 나와 당신의 진짜 모습을 모르는 관계 속에서 진실은 어디에 있는 걸까.

삭막한 환경에서도 누군가는 나무를 심고, 창을 뚫고, 서로를 바라본다. 마리아나는 망치로 때려 창을 뚫기 전 그림책 『월리를 찾아라』를 보며 이런 생각을 했다.

'누굴 찾는지 알아도 찾지 못하는데 누굴 찾는지 모르면 어떻게 찾나?'

어떤 삶을 살고 싶은지 알아도 잘 살기 어려운데 어떤 삶을 살고 싶은지 모르면 대체 어떻게 살아야 하는 건지 생각해본다. 도시의 건물 측벽에 변변한 창 하나가 없는 이유는 돈의 문제도, 법의 문제도 아닐 것이다. 진짜 이유는 어떤 삶을 살고 싶은지 알지도 못하고 고민해본 적도 없기 때문이 아닐까. 어떤 삶인지를 모르니 어떤 집을 원하는지 모른다.

누군가 정해준 집에서 살며 모두 똑같이 앞에 뚫린 창만 바라보고 옆벽엔 관심을 갖지 않았다. 버려진 옆면에 창을 내기 위해선 무엇을 해야 할까. 창을 내면 그때 비로소 잊고 있던 중요한 진실을 알게 되지 않을까?

아 키 외 계 체

어떤 세미나에서 한 건축가가 자신의 작품을 발표하고 있었다.

"리니어한 사이트의 상황을 고려하여 매스를 수평적으로 길게 펴고 퍼블릭 스페이스를 프런트 세팅해서 후면 프라이빗 존과의 커넥션을 유도했습니다. 전면 매스는 트윈 디비전되어 각각 버퍼 존과 새미 퍼블릭 에어리어로 역할을 달리했고, 사이트 주변 도로에서의 어프로치는 매스 말단부에 엔트런스를 배치함으로써 로스 존을 발생시키지 않는 리즈너블한 펑션 프레임을 구축했습니다. 전면 매스는 폴딩 윈도로 외부 랜드스케이프를 적극적으로 유입하도록 했고 이로 인해 외부에서 바라본 메인 파사드 역시 보이드를 강하게 강조하는 트랜스퍼런시한 건축적 풍경을 제공하게 됩니다."

알아들을 수 있게 번역하자면 대충 이런 이야기다.

"땅이 길어서 집이 긴 모양으로 땅에 맞게 들어가는 게 좋고요. 도로에 접한 앞쪽에는 거실과 응접실이 들어가고, 뒤쪽으로 침실 같은 조용한 공간을 배치했습니다. 앞쪽 거실이 있는 덩어리는 너무 기니까 두 개로 나누어서 쓰는 게 좋다고 봤어요. 자연스럽게 한쪽은 밖에서 안으로 들어오는 현관 공간이 들어가고요. 반대쪽에는 거실이 있는 게 좋다고 봤습니다. 땅이 기니까 대문은 긴 쪽 끝에 달아서 쓸데없이 공간 낭비 안 하는 걸로 정리해봤네요. 잘만 하면 대문 근처에 작은 마당 같은 공간이 있어도 좋다고 생각합니다. 거실 벽이 기니까 그 벽을 싹 유리창으로 해서 앞 전망이 시원하게 보이게 하는 게 어떨까 생각했고요. 그러면 집이 좀 넓어 보일 것이고 밖에서 봐도 시원하니 참 좋을 겁니다."

다른 말 같은 뜻, 아키archi 외계체.

패터슨

짐 자무시의 영화 「패터슨」에는 패터슨이라는 도시에서 버스 운전기사로 일하는 패터슨이라는 남자가 나온다. 그는 아침에 시리얼을 먹고 출근하여 정해진 노선을 돈다. 낙후되고 가난해 보이는 패터슨이라는 도시의 사람들을 태우고 정해진 노선을 운전하다가 매일 점심 때마다 폭포가 보이는 벤치에 앉아 잼이 발린 토스트를 먹는다. 퇴근 후에는 명랑한 아내와 그날 있었던 일을 이야기하고, 애완견을 데리고 산책하다가 바에 들러서 맥주 한 잔 하는 것이 그의 하루다. 그의 일상은 매일 그렇게 돌아간다.

내 일상도 그리 다르지 않다. 매일 아침 여섯시에 일어나 여섯시 오십분까지 서울로 출퇴근하는 아내를 통근버스 정류장에 데려다주고 집으로 돌아오는 길에 맥도날드에서 아메리카노와 스낵랩을 사거나 24시간 김밥집에서 주먹밥을 사 온다. 집 1층이 사무실이라 집에서 아침을 먹어도 상관은 없지만 대부분 아침거리를 사서 바로 사무실로 들어간다. 일곱시 반쯤 업무가 시작된다. 이후 다섯시까지 일을 한다.

매일 해가 들어오지만 벽면의 그림자 모양은 조금씩 달라진다.
반복과 반복에서 차이는 발견된다.

보통 오전에는 현장에 잠깐 다녀오고 사무실에서 머리 쓰는 작업을 한다. 시작하는 프로젝트의 초안을 궁리하거나 개념 구성 작업을 한다. 오후에는 결과물을 만들어내는 작업을 한다. 어느 정도 정리된 설계 도면을 그리거나 모형을 만든다. 일을 마치고 집으로 올라가면 이른 저녁을 먹고 조깅을 하러 나가거나 다락에서 사이클을 타며 미드를 본다. 이후엔 뉴스를 보거나 책을 읽거나 맥주나 와인을 마시며 하루를 마친다.

패터슨의 일상에서 나와 조금 달랐던 점은 그는 틈만 나면 노트에 시를 쓴다는 것이었다. 일상의 사소한 소재와 풍경들을 캡처하여 그의 구도만으로 시를 쓴다. 단조로운 일상은 시를 통해 새롭게 변주되고 재해석될 수 있음을 영화는 보여준다. 화려하지 않고 특별한 사건도 없고 반복적이며 단조로운 매일이지만 그의 일상은 그의 시를 통해 조금씩 다르게 표현된다.

삶의 가치란 별볼일 없는 일상 속에서 자기만의 반복을 추구하는 데서 찾을 수 있는 건 아닐까. 반복과 반복 속에서 드러나는 작은 아름다움들.

건축가는 오늘도

설계의 가치

설계자 입장에서는 당연한 말이겠지만, 좋은 집을 위한 처음이자 끝은 설계다. 건축가는 집 지을 도면을 최소한 수십 장 이상 작성하고, 까다로운 건축 허가를 처리하고, 집이 잘 지어지는지 현장을 자주 오가고, 그 외에도 집짓기의 처음부터 끝까지 건축주를 대신해 나열하기 어려울 만큼의 크고 작은 선택과 결정을 한다.

예전에 비해 요즘은 도면 몇 장으로 좋은 집을 지을 수 없다는 것 정도는 공감하는 분위기이지만 속칭 '허가방'이라는 건축사무소에서 도면 몇 장 받아 허가받고 집장사에게 맡겨 공사하는 재래적인 방식은 여전히 업계 전반에 걸쳐 자리잡고 있다. 때가 되면 한번씩 부실 공사나 붕괴 사고로 전국이 시끄러워지는 게 우리의 현실인데, 그 원인을 따지다 보면 결국 모든 책임은 설계, 감리의 부실로 귀결되는 경우가 많다. 하지만 늘 그때뿐이다. 책임을 누구에게 돌리느냐의 문제일 뿐, 설계와 감리가 왜 부실이 되는지에 대한 근본적 대책은 고민하지 않는다.

건축주한테 이런 얘기를 종종 한다.

"우리가 살면서 물건 사거나 밥 먹거나 이런저런 서비스 받을 때 발생하는 부가가치세가 총액의 10퍼센트입니다. 만약 내 집을 짓기 위해 예산 3억을 갖고 있다면 그중 설계의 가치는 얼마나 될까요. 부가가치세보다 못한 걸까요, 아니면 그 이상일까요?"

물론 지금도 전국의 수많은 현장에서는 도면 몇 장으로 뚝딱뚝딱 집이 지어지고 있을 것이다. 집이라고 다 같은 집은 아니겠지만 말이다.

설계란 무엇일까. 실제로 짓기 전 미리 상상 속에서 집을 지어보는 과정이다. 그러니 도면을 제작하고 모형을 만드는 시간은 실제로 지어질 집의 장단점을 알고 발전과 보완을 도모하기 위한 꼭 필요한 과정이 된다. 한번 대충 그려보고 바로 집을 지을 수도 있다. 하지만 집을 잘 지으려면 마음에 들 때까지 그리고 지우고 만들고 부수는 과정을 반복하며 설계를 통해 가장 적절한 답을 찾아야 한다. 실제로 지을 수 있는 기회는 한 번뿐이기 때문이다.

꿈 같은 이야기겠지만 "내 집의 설계는 최소 이만한 가치가 있다고 생각합니다"라고 설계비를 먼저 제안하는 건축주를 한번쯤 만나고 싶다. 하지만 언제나 현실은 멋진 주방가구 3000만 원과 설계비 3000만 원 중 어떤 선택이 더 가치 있는지를 고민하게 한다. 주방가구도 물론 집에서 꽤 중요하긴 하지만, 늘 뭔가 좀 이상하다는 생각이 든다.

그 의 집 은 잘 지 어 졌 을 까

나와 처음 만날 때 H씨는 A설계사무소 도면을 들고 왔다. 이야기를 들어보니 A설계사무소와 일을 진행하다가 설계가 엎어졌다는 것이었다. 그는 계약을 파기하고 다시 설계하고자 했다. 다른 설계사무소에서 진행하다가 멈춘 도면으로 마무리를 요청한 터라 그럴 수는 없다고 오해하지 않게 설명을 하고 돌려보냈다.

엎어진 이유는 간단했다. 유명 건축가의 건축사무소로 알려진 곳이라 꽤 비싼 설계비로 계약하고 시작했는데 실제 설계부터 일은 직원이 하고 정작 건축가가 신경을 쓰는 시간은 얼마 되지 않았다는 것이다. 게다가 수용하기 조금 어려운 디자인을 집요하게 강요하거나, 비용에서 부담이 큰 디테일과 재료를 쓰자고 욕심을 부리기도 했단다.

당연한 일이었다. 뭔가 특별한 면이 없었다면 H씨가 그 건축가를 알 수 있었을까. 그런데 막상 설계를 맡겨놓고 보니 불만이 쌓인 것이다. 설계비는 비싸면서 서비스도 마음에 들지 않으니 설계를 고쳐보려고 결심까지 하게 된 것이었다. 나는 이렇게 조언했다.

"A설계사무소는 나름대로 그 사무실 방식에 맞게 일을 하고, 클라이언트가 바라는 수준에 따라 설계비를 제시했을 거예요. 따라서 선생님이 마땅치 않게 여기는 그 부분들은 문제제기 하셔도 만족할 만큼 바뀌진 않을 겁니다. 결국 최종 결과물만 잘 정리되면 중간 과정의 문제들은 큰 의미가 없을 테니까요. 가령 구청 앞 B설계사무소 역시 그들 나름의 방식으로 신속하고 저렴한 설계를 통해 집을 빨리 지으려는 분들에 맞춰 설계비와 일하는 방식을 유지하는 것입니다.

그래서 같은 집을 설계해도 A설계사무소는 최소 5000만 원을 받고 B사무소는 1000만 원을 받는 거겠지요. 설계 기간도 A설계사무소는 최소 서너 달 이상이 걸리고 B는 길어야 한 달인 거고요. 도면 역시 A설계사무소는 세부 도면까지 포함하면 100장이고 B는 다해봤자 20~30장인 것이지요. 그러니 도면을 제작하는 시간만 따져도 몇 곱절씩 차이가 납니다.

도면이 비교적 상세하다는 의미는 재료와 시공 방법이 더 자세히 표현되었다는 뜻이고, 그런 경우에는 감리만 제대로 한다면 시공사가 임의로 시공 변경을 할 여지가 줄어듭니다. 공사 중에 추가 비용이 생기거나 시공자 편의대로 싼 자재나 부실하게 시공되는 일을 제어할 수 있다는 말이지요. 결국 건축주 입장에서 현장 갈등이 생겼을 때 의지할 수 있는 마지막 보루는 도면이니까요.

설계 과정 중 건축가와 건축주가 상의하는 것도 A설계사무소는 수시로 만나지만 B는 처음부터 끝까지 공식적으로 네댓 번 미팅이 전부일거예요. 설계가 끝난 후엔 궁금해서 물어봐도 일일이 친절하게 대응하기 어려운 부분이 생길 겁니다. 사무실을 유지하려면 여러 가지 다른 일을 바로 이어서 같이 해야 할 테니까요. 감리도 설계에 공을 들인 A설계사무소 같은 경우는 시키지 않아도 휴일까지 써가며 알아서 감리를 나가보는데, B는 시작할 때와 끝날 때 빼곤 행정과 관련된 문제가 발생하기 전까지는 거의 얼굴 보기도 힘들겠죠.

건축설계비란 결국 건축가의 시간을 빌리는 비용이라고 생각합니다. 변호사나 의사에게 법률상담과 진료를 받아도 상담료, 진료비란 명목으로 시간당 비용을 지불하듯이 집을 잘 짓기 위해서 선택한 전문가가 나를 위해 시간을 많이 쓰기 원한다면 그에 맞는 비용이 필요한 것이겠죠. 싼 비용으로 제대로 된 서비스를 받는 방법은 존재하지 않습니다. 가족이나 친한 친구라 해도 마찬가지죠.

제 생각엔 다시 A설계사무소로 가셔서 차분히 논의하시고, 거기서 마무리를 짓는 게 가장 좋은 방법일 것 같습니다. A는 적어도 집에 대해서는 전문가의 자존심을 지키려 노력하는 괜찮은 사무실이거든요."

그로부터 일 년이 흘렀다. 그의 집은 잘 지어졌을까.

관계의 시작

한 달 동안 설계 상담을 빙자한 몇 차례의 술자리 후 K씨의 주택 설계를 계약했다. 한 달간 나눈 이야기는 의외로 집이나 설계에 대한 것만이 아니라 내가 어떤 사람인지, 어떻게 살아왔는지, 좋아하는 게 뭐고 싫어하는 게 뭔지에 대한, 어떻게 보면 아저씨들의 흔한 신변 잡담이었다. K씨가 처음 만난 날 내게 이런 말을 했다.

"제가 소장님이 제 집의 건축가로 적절한지 보는 것도 있지만 마찬가지로 소장님도 제가 집 설계를 맡아도 될 사람인지 보셔야 하잖아요?"

K씨의 말처럼 '집'을 사이에 두고 만나는 건축주와 건축가는 '결혼'을 사이에 두고 맞선을 보는 남녀와 닮았다. 일반적인 거래처럼 '돈을 줄 테니 내 집을 그려주세요'라는 일방적인 요청만으로는 누군가의 집을 설계한다는 행위가 양측 모두에게 진심의 문제로 각인되기가 쉽지 않다.

그래서 가능하다면 조금 긴 시간 동안 건축주와 건축가가 서로 어떤 사람인지 서로의 삶을 이해하려는 시간이 필요하다. 그리고 그렇게 이해하는 시간을 통해 건축주가 원하는 집이 무엇인지 건축가로서도 좀더

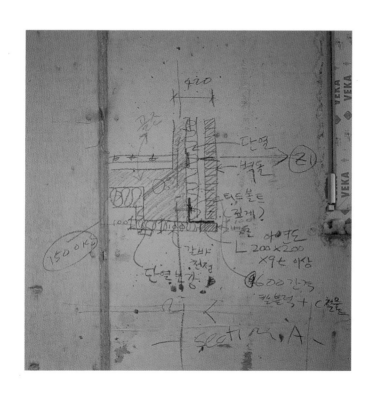

건축주와 건축가가 맺는 관계란

서로를 이해하고 함께 공간을 들여다보는 게 아닐까?

잘 납득할 수 있다고 생각한다.

물론 법적으로는 합리적 수준의 돈을 주고받고 도면과 서비스를 제공하는 사무적 관계일 뿐이다. 다만 그것만으로는 집을 매개로 처음 만난 두 사람의 인연이 발맞추어 나아가기는 어려운 법이다. 건축주와 건축가의 관계는 그래서 오묘하다. 공식적인 책임감을 서로 느끼면서 한편으로 다소 사적인 측면에서 인간과 인간으로 서로의 삶을 존중하고 이해해야 하니까.

K씨가 술을 마시며 공들여 이야기했던 가장 중요한 화두는 '이웃의 시선'이었다. 처음에는 대수롭지 않게 듣다가, 그다음에는 '조금 별나게 예민한 사람이구나' 싶었다가, 내 기준과는 조금 다르지만 사람에 따라서는 세상에 대해 예민한 지점들이 참 다양하다는 것을 인정하게 되었다.

그래서 그가 말한 '이웃의 시선'에 대해, 그것이 불편한 누군가를 위해 최대한 자유로울 수 있는 집을 구체적으로 구상해보기로 했다. 타인의 세계를 완벽히 이해할 수는 없지만 그 세계와 가장 흡사한 공간을 찾아가는 것이 결국 설계이고 내 역할이니까.

H씨의 도면

3주 만에 만난 건축주 H씨에게 도면 어떻게 고치셨냐고, 물어보니 한글 프로그램 그림판으로 조각조각 따 붙여 그리셨다고. 그리는 동안 너무 재미있으셨다고. 말이 되는 그림이든 아니든, 본인 집을 열심히 그려보았다는 뿌듯함과 수줍음이 교차하는 오묘한 표정.

"열심히 하셨네요. 말이 되게 하는 건 저희가 해볼게요" 하니, H씨의 얼굴이 금세 환해졌다.

약간씩 어긋나면서

내 집을 짓고 싶어 하는 사람과 집에 관해 이런저런 이야기를 나누다보면 그가 어떤 관점으로 집을 바라보고 있는지 알게 된다. 설계의 시작은 한 사람이 살아오면서 꿈꿨던 '집'의 정체를 찾아내는 것. 그걸 위해 먼저 그 사람의 정체부터 알아봐야 한다.

내 집 짓는 각오로 임한다면 남의 집을 설계한다는 건 쉽지 않은 작업이다. 계약서에 명시된 용역 범위와는 별개로 그 집이 끝날 때까지는 크고 작은 고민이 멈추지 않는다. 돈벌이로만 치면 단순하게 끝낼 수도 있는 일이다. 시쳇말로 종이값, 전기값만 쓰는 건축설계도 빈번하니까.

집은 건축주가 꿈꾸고 있는 이미지가 중요하다. 왜 그럴까. 그 이미지에 그가 집을 짓는 이유가 들어 있기 때문이다. 건축주가 꿈꾸는 이미지를 따라가다보면 지어질 집의 꼴과 격이 보인다.

가령 누가 밖에서 보면 멋지게 보이고 안에서 보면 소탈한 집이 좋다고 한다면. 또 어떤 이는 저렴한 재료로 세련된 집을 원한다고 한다면. 또 누구는 일 년이 지나도 삼 년 같고 십 년이 지나도 삼 년 같은 집을,

건축주와의 끝없는 대화가 오가는 우리 집 1층 사무실 전경,

불일치의 변주 속에서 집은 지어진다.

3층짜리 집인데 다리가 안 아픈 집을, 창은 크지만 프라이버시는 철저히 보호되는 집을, 동그라미 같은 네모 집…… 등을 원한다고 해도 논리적으로 반박할 수는 없는 노릇이다. 그게 누군가 집을 지으려는 진짜 이유일 테니까.

그 집에 살아보기 전에 도면으로 예측해보는 과정이 건축설계다. 설계를 통해 다양한 가능성을 검토하고 장단점을 비교해서 의뢰자에게 가장 적합한 집이 뭔지 찾아간다.

간혹 실력과 명성이 있는 건축가에게 건축설계의 모든 것을 위임하는 일도 있다. 하지만 그렇게 만들어진 멋진 공간이 실제로 내가 살아가는 실생활의 문제와는 별개일 수도 있음을 고민해봐야 한다. 그 공간이 내가 원한 건지 아닌지는 거기에 살면서 세월이 지나야 하나씩 깨닫게 될 테니까.

그렇다고 건축가를 내가 원하는 대로 움직이는 꼭두각시로 만들려는 것 역시 건축주 본인에게 좋은 상황은 아니다. 그런 태도는 결국 건축설계라는 과정을 전문가의 도움이 필요 없는, 별로 중요하지 않은 일로 만들어버린다.

"당신은 어떤 방식으로 설계를 진행합니까?"

상담 온 건축주들이 가끔 묻는다. 그때마다 "대화를 열심히 합니다"라고 답한다. 갈대처럼 왔다갔다하는 건축주들의 마음을 이끌어가는 것은 늘 힘겨운 문제지만 최대한 그들 입장에서 대화를 하다보면 상대도 보이고 나도 보이고, 어떤 집이어야 하는지도 보인다. 손을 내밀면 건축주는 손을 거두고 손을 거두면 건축주는 손을 내민다. 늘 그렇게 약간씩 어긋나는 불일치의 변주 속에서 집은 지어진다.

가끔 생각난다

집 지어야 할 땅이 오래 비어 있으면 동네 사람들이 오가며 허락 없이 텃밭을 가꾸기도 하고 주변 공사장 폐기물이나 가정용 쓰레기가 무단투기 되기도 한다. 현장 사무실이나 창고로 쓰였던 컨테이너박스 같은 게 황량하게 놓여 있을 때도 있다.

이래저래 땅주인 입장에선 기분 상하는 일이다. 이런 땅이 많아지면 관할 구청에서는 미관상 보기가 안 좋고 민원 발생 소지가 있는 터라 가끔 땅주인과 건축사에게 공문을 보낸다. 가정통신문 같은, 대략 '깨끗하게 관리해주세요'라는 취지를 담은 통지문.

오랜만에 판교 운중동에 볼일 보러 갔다가 몇 년 전에 설계했던 땅을 보러 갔다. 사무소를 개업하고 첫 프로젝트였던 L씨의 주택. 건축주 부부와 여러 달 동안 즐거운 대화를 통해 설계한 집이었다. 설계가 끝나고 아파트 시장 폭락으로 공사비 조달에 애를 먹다가 결국 프로젝트는 엎어졌고, 그 땅은 다른 주인이 가져갔다.

세월이 흘러 그 땅에 스패니시 기와를 얹은 분홍색 집이 서 있는 걸

보니 당시에 꽤나 마음이 심난했을 텐데도 늘 웃던 그 부부의 근황이 궁금해졌다. 위로를 전할 때마다 오히려 건축가를 더 걱정하며 "곧 착공할 겁니다. 자꾸 늦어져서 미안해요" 하고 답하던 그들은 잘 살고 있을까.

지금도 가끔 생각해본다. 쉽고 싸게 지을 수 있는 집으로 후다닥 설계를 끝냈다면 폭락기를 피해 집을 지을 수 있지 않았을까. 하지만 한편으로 같은 경우가 또 오더라도 그렇게 할 수 있을까 싶다. 그랬다면 처음이자 마지막일지 모를 집짓기를 위해 의뢰자와 건축가가 한 스텝씩 만들어가는 성취의 기쁨 역시 없을 테니까.

며칠 전 집짓기 상담 연락을 받고 만난 어떤 분의 첫마디는 대뜸 이랬다. "제가 시간이 없어서요. 한 달 안에 무조건 허가받고 다음 달엔 착공하게 해주셔야 합니다. 근데 얼마예요?"

종종 반복되는 익숙한 상황. 무슨 일이든 사람을 통해 세상을 조금씩 배워간다. 언제나 본질은 대화가 시작되는 순간 그들의 일이 아니라 나의 일로 바라보는 것이다. 내 일이라고 생각하면 일을 대하는 태도가 명확해진다.

가설계 노이로제

'가설계'란 가짜 설계다. 가짜 설계가 어떤 설계인지 잘 모르겠지만 일단 진짜는 아니라는 말일 듯하니 꽤 조심해야 할 설계라는 의미로 볼 수도 있겠다. 진짜 설계가 아니라는 건 실제로 지어지기는 어렵다는 의미일 수도 있고, 그 말은 결국 한번 시도해본 설계이거나 건축주의 마음을 얻기 위한 것일 수도 있다.

나 역시 가설계를 원하는 건축주가 꽤 있었고, 가설계 비슷한 걸 해준 적도 여러 번 있다. 하지만 그런 경우 실제로 계약이 되는 경우는 많지 않았다. 나중에 이유를 알아보니 내가 생각하는 가설계와 경쟁 사무소가 생각하는 가설계에 큰 차이가 있었던 것이다. 간혹 운 좋게 가설계를 건네주고 계약이 된다 해도 그 결과가 끝까지 좋은 경우는 거의 없었다. 가설계로 엮인 인연도 어쩔 수 없이 '가짜'의 영향을 받는가보다 생각했었다.

설계를 의뢰하는 건축주 입장에서 보면 사실 막막하긴 하다. 이름이 어느 정도 있거나 뭔가 개념 잡고 하는 건축가들에게는 정작 가설계를

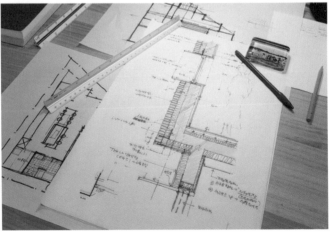

요구하기가 좀 애매하다. 저렴한 설계 업체가 허다하게 많은 상황에서 일단 설계비가 비싸면 선뜻 결정이 쉽지 않다. 그러다보면 더 친절한 것 같고 간도 빼줄 듯하고 말만 잘하면 공짜로 다 해줄 것 같은 곳을 찾게 된다. 설계비나 감리비는 가능하면 돈을 안 쓸수록 이득일 것 같고, 점점 더 돈 쓰지 않고 미리 설계를 받아 결과를 보면 좋겠다는 생각을 한다.

그런 와중에 나름 알아도 보고 소개받은 설계사무소에 전화를 해보니 가설계를 당연히 해준다고 한다. 돈 한 푼 안 줬는데 모형도 만들고 투시도까지 만들어준다. 심지어 시공까지 맡겨주시면 설계비는 공짜(?)라는 감동의 제안을 한다.

여차여차해서 설계 단계까지 무상 서비스를 받다보면 이성적 사고는 자연스레 정지되고 이 기회를 놓치면 큰 손실이라는 위기감까지 든다. 그러니 어지간한 냉정함이 없고서는 결국 계약을 하게 되는데, 기분이 좋다보니 하자는 대로 시공 계약까지 일사천리로 하는 경우를 심심치 않게 보게 된다.

진짜 문제는 이때부터다. 상식 차원에서 하나 말씀드리면 (뭐 다 아시겠지만) 세상의 모든 사업과 장사에는 절대로 공짜가 없다는 것. 그런 이유로 가설계는 설계를 하는 사람이나 설계를 받는 사람이나 모두에게 해로운 나쁜 관행이다. 가설계는 설계 서비스를 받는 입장에서는 비용이 나가기 전에 완성된 설계안을 본 셈이니까 정작 계약 후에는 정상적인 설계 과정에서 이루어지는 초반, 중반 작업이 이미 끝난 것으로 본다. 선택한 가설계 대안에서 약간의 수정 작업만 거쳐 바로 실시설계나 인허가로 들어가야 설계사무소 입장에서는 손해를 보지 않는다. 저렴한 설계비로 계약한 경우라면 당연히 더 말할 것이 없다. 돈 적게 받고 긴 시간 서비스 하는 장사는 없기 때문이다.

설계자의 입장에서도 가설계는 결국 제 살 깎아 먹기다. 세상의 어떤 간단한 건축설계도 일주일 남짓한 시간에 적합한 대안을 찾기란 어렵다. 맞는 답을 찾은 듯해도 한발 물러서서 보면 단점이 보이고 길을 잘못 든 게 보이기 일쑤니까.

작은 집이라도 모든 설계에는 고민해야 할 최소한의 시간과 규모와 상황에 맞는 프로세스가 있다. 대안을 그려보고 논의하고 피드백 하고 그것을 반복하며 고쳐나가는 숙성의 시간이 필요하다. 그 시간은 아무리 빨라도 두 달 이상이다. 가설계는 그 중요한 시간을 간단히 건너뛰게 만든다. 대가 없는 품질은 존재하지 않는다.

가설계를 요청하는 분들은 종종 가설계를 '떠달라'고도 하고 '뽑아달라'고도 한다. 설계는 수제비나 국수가 아니므로 도면을 뜨거나 뽑는 건 쉽지가 않다. 나 같으면 수년간 꿈만 꾸던 본인의 집 설계를 누가 고작, '떠줄게요' 혹은 '뽑아줄게요' 하면 그 어감만으로도 기분이 별로 좋지 않을 것 같은데…… 설계면 설계지 가설계라니.

예전에 어떤 분이 가설계를 '떠달라' 해서 떠준 적이 있다. "가설계에 열흘 정도 걸립니다" 했더니 무슨 가설계 하는데 열흘씩 걸리느냐고 타박이다. 어디 가면 하루 이틀이면 도면 다 떠준다고(이분에게 설계는 국수나 수제비로 보이는 것이 분명하다). 그래서 "그럼 그렇게 할게요" 하고 진짜 하루 만에 그럴 듯한 도면을 떠드렸다. 당연히 그 이후 연락은 오지 않았다. 결국 그 지역에서 집 장사로 유명한 누군가에게 맡겨 지었다는 후일담만 나중에 들려왔을 뿐.

몇 해가 지나 그때 그 땅 옆을 우연히 지나간 일이 있었는데 어디서 많이 보던 집이 서 있었다. 가만 보니 그때 하루 만에 떠줬던(?) 그 가설계와 비슷하게 지어져 있었던 것이다. 코미디 같은 상황에 그 자리에 서서 잠시 멍하니 쳐다봤다. 웃기기도 하고 어이없기도 했는데, 문득 대책 없는 그 무모함에 왠지 섬뜩한 마음이 들었다. 어떤 업자가 그때 아무 생각 없이 그린 도면 몇 장을 건축주에게 받아 그냥 지어버렸구나 생각하니 기묘한 기분이었다. 어디서 어떤 식으로 부메랑이 날아들지 모르니 가설계도 이왕 할거면 성심성의껏 잘해야겠다는 생각에 이르기도 했다.

그 사건 이후 가설계를 요청하는 사람보다 해주는 사람이 문제라는 결론을 얻었다. 집을 설계한다는 건 아무리 간단한 집이어도 그 안에서 오랫동안 살아갈 사람의 삶을 고민하는 일인데, 그걸 순식간에 뚝딱 해치우듯 설계해서 끝내는 건 직업윤리에 관한 문제라는 생각이다.

심지어 다른 땅에 있던 도면을 조금 다듬어서 이 땅 저 땅 옮겨가며 지어지는 경우도 비일비재한데 그것도 설계라고 설계비를 얼마 줬다고 하는 분들을 볼 때마다 참으로 건축설계업의 영역이란 넓고 다층적임을 새삼 느끼게 된다.

건축 업계에 계시는 분들은 다 아시겠지만, 가설계 운운하는 건축주에게는 가설계라는 그 단어에 어울리는 수준에 맞춰 대응하는 것이 건축 업계 전문가들의 생리다. 무료로 대략 빨리 하나 만들어달라는 사람에게 성의 있게 진심을 들일 전문가가 어디에 있을까. 입장 바꿔 생각해보면 상식의 문제다.

혹여 가설계를 거부하는 건축가가 있다면 진짜 그런 식으로 설계해본 적이 없거나. 그런 설계가 결국 집을 망치는 길임을 알기 때문일 것이다.

가설계를 대하는 건축가의 태도를 눈여겨보시길. 집 잘 짓고 싶은 건축주 입장에서는 건축가를 선정하는 좋은 기준이 될 수도 있다.

단열

영하 15도가 계속되는 겨울과 35도가 넘는 폭염의 여름을 지내고 보니 단열에 대한 고민이 많아진다. 설계 중인 삼형제 집의 외벽 단열재는 비드법 2종 가등급 150밀리미터다. 내부 단열재인 압출법 가등급 30밀리미터에 석고보드 두 겹, 콘크리트 구체 200밀리미터까지 더하고 벽돌로 마감하다보니 외벽 두께만 최대 50센티미터에 이르는 집이 되었다. 너무 뚱뚱하다고 생각할 수도 있지만 여름, 겨울 연교차가 50도에 육박하는 현실에서 어쩔 수 없는 게 아닐까 싶다. 단열재의 기술적 성능과는 별개로 집의 물리적 두께는 밖에서 안으로 열의 이동 거리가 되므로, 거리가 멀어질수록 열을 보수적으로 관리하는 데에는 긍정적 영향을 미친다. 물론 단열의 관건은 열교열이 새나가는 틈새를 얼마나 잡는가에 달려 있긴 하지만.

단독주택 단열공사는 예산이 허락하는 범위에서 최대한 투자하는 게 맞다. 단열 성능이 좋은 집은 한파와 폭염에도 자연 형성된 잠열, 냉기를 잘 유지해준다. 밖으로 빠지는 잠열과 냉기가 상대적으로 적다.

에너지를 잡아두는 설계가 필요하다. 값비싼 패시브passive 하우스 수준의 시공은 예산이 넉넉지 않아 어렵다 하더라도 작은 틈까지 꼼꼼히 챙기는 보강 시공만 잘 되어도 어느 정도는 만족스러운 에너지 절약이 가능하다. 냉기와 물, 바람, 벌레 등등 집이 막아야 할 것들은 기막히게 집의 빈틈을 찾아다닌다. 한파와 폭염을 견디는 단열은 결국 빈틈의 승부다. 겨울과 여름이 해가 갈수록 더 깊고 길어지고 있다.

생각 청소

열을 맞추고 벽의 위치, 부재部材의 사이즈를 완벽히 정리해놓은 도면에 이런저런 이유로 계속 부차적인 수정을 가하다보면 위아래가 안 맞고 좌우가 맞지 않는 애매한 치수가 자꾸 남는다. 열이 맞지 않거나 구조적으로 위아래가 어긋나는 경우가 생기는 것이다. 결정이 뒤집히거나 부득이한 문제가 생겨 수정을 하다보면 멀쩡한 도면이 종종 누더기가 되는데, 설계라는 게 결국 이 과정의 반복이기도 하다.

지금도 같은 도면을 세번째 그리고 있다. 세세한 요구사항이 많은 복합 건물이라 자잘한 수정 작업이 많기도 하지만 수정 위에 수정이 보태어지다보니 자꾸 어이없는 오차가 발생한다. 그러다보면 아예 처음부터 그리는 편이 낫겠다 싶은 경우가 있다. 누더기 도면이 되어 어딘가 숨어 있을지 모르는 도면 오류를 걱정하느라 스트레스 받을 바엔 처음으로 다시 돌아가는 편이 나을지 모른다. 도면을 처음 대하듯 중심선을 그리고 벽체를 그리고 구조의 열을 다시 맞추다보면 수정하느라 지루해져버렸다가 새 프로젝트를 시작하는 신선한 느낌으로 바뀌기도 한다.

몇 달 후, 현장의 상황을 상상해본다. 형틀 목수가 먹을 놓을 때 딱딱 떨어지는 깔끔한 치수가 되면 좋을 것이다. 벽 위치와 개구부 위치, 창 길이, 공간의 높낮이, 재료 등을 표기하는 것은 집 짓는 작업자에게 필요한 기술적 요소들이다. 도면에 벽 하나를 그리면서도 그 벽이 훗날 이 집에 살 사람들에게 영향을 미칠 다양하고 복합적인 느낌까지 가늠할 수 있으면 좋겠다.

도면을 이루는 요소 중에는 건축의 A, B, C라고 할 만한 기본 중에 기본도 있고 사용자가 미처 생각하지 못하는, 하지만 간과할 수 없는 전문적인 요소도 있다. 하지만 간혹 개인 취향이나 변덕에 의해 다양한 변수의 균형을 맞춰 잘 조율된 설계가 쉽게 변경되어버리는 경우는, 아쉬움을 넘어 걱정이 앞선다. 이런 변경은 훗날 후회하는 결과로 이어지는 경우가 많기 때문이다.

설계 과정은 언제나 결정의 연속이다. 이럴까 저럴까 고민이 될 때는 시작으로 돌아가는 방법이 조금 돌아가더라도 과정의 실수를 정확히 잡아낼 수 있는 가장 합리적인 해법이다. 조금 귀찮더라도 시작의 기분으로 정돈하다보면 뒤엉킨 것처럼 보이는 도면이 생각만큼 나쁘지 않고, 발전되고 있는 과정이라는 점도 알게 된다. 그런 의미에서 도면 다시 그리기는 생각 청소다.

분위기

몇 해 전 여름, 한 남자가 단독주택을 짓고 싶다며 사무실로 찾아왔다. 남자는 마당을 원했다. 하지만 마당이 들어갈 만큼 땅이 크지 않았다. 신도시 주택구역 내 건축 지침은 가뜩이나 세로로 긴 땅을 더 길쭉한 형태로밖에 쓸 수 없게 만들어놓았다.

반듯하게 잘린 70평 내외의 긴 땅과 그 땅 안에서 남은 규모와 형태를 불필요하게 규정하는 빡빡한 법규가 적용될 수밖에 없는 상황. 마당을 갖고 싶은 남자와 마당 자리가 도무지 나지 않는 땅과의 대화가 시작되었다. 출발은 '당신이 원하는 집의 분위기는 무엇인가?'라는 질문이었다. 막연하더라도 지어야 할 집의 실체가 무엇인지 함께 찾아야 했고 집에 살 사람과 만드는 사람의 공감대가 형성되어야 좋은 집이 될 것임은 분명했다.

볕과 마당이 갖고 싶어 단독주택을 지으려는 사람에게 제대로 된 볕과 마당이 허용되지 않는 현실에서 이제 우리가 정할 수 있는 한 가지 기준은 집을 채우고 남는 자리를 마당으로 보지 않고, 마당을 먼저 설정하고 남는 공간에 집을 채우는 방법이었다.

애초에 전원주택이 아닌 도시형 주택을 짓기 위한 택지이다보니 동네를 다 둘러봐도 우리가 꿈꾸는 마당을 갖지 못한 2층짜리 건물들이 이미 여러 군데 들어서고 있었다. 남자가 원한 건 볕이 잘 들어오는 가족만의 독립된 마당, 길을 오가는 사람들의 흘낏거리는 시선이 느껴지지 않는 개인의 마당, 계절과 날씨의 변화를 느끼게 해주는 살아 있는 마당, 거실이나 식당과 직접 연결해 공간을 넓혀 쓸 수 있는 확장형 마당이었다.

좁은 직사각형 땅 긴 변에 인접해 양쪽으로 다른 집들이 등을 맞대고 들어오는 현실에서, 어떻게 그런 조용하고 안락한 분위기의 마당을 확보할 수 있을지 고민한 끝에 오래전 찍어놓은 사진 한 장이 생각났다.

어느 늦은 봄날, 예산 추사고택 안마당이었다. 아내와 이제 막 걷기 시작한 선우가 볕을 쪼이며 앉아 있었다. 집을 감싸주는 마당, 부담스럽지 않은 볕과 하얀 흙바닥, 그리고 그 뒤로는 묵직한 세월을 살아온 믿음직한 재료들이 있었다. 공간과 사람 사이에서 흐르고 있는 그날의 선명한 시간이 또렷이 남아 있는 사진 한 장. 올바른 볕과 마당의 관계를 잘 설명하는 장면이었다고 해야 할까.

사진을 보여주자 그도 아주 마음에 든다고 했다. 그 마당 사진에서 포착한 분위기를 찾기 위해 이후 여러 달, 집 지을 땅이 잘 보이는 카페에 모여 여러 이야기를 나눴다. 그러자 조금씩 고택의 안채를 닮은 ㅁ자형의 집과 그 사이에 놓인 아늑한 마당이 도면이 되어 실체를 드러냈다.

지금도 그 집의 도면과 아내와 딸이 있던 고택 마당 사진을 보며 그 마당을 상상해보곤 한다. 예정대로 집이 지어졌다면 어떤 공간이었을까.

마당이 집을 따스하게 감싼다.

도면과 사진만큼은 아니었을지도 모르겠다. 도면과 사진으로 만져지는 공간은 늘 아름답고 감동적이니까.

깊은 마당을 내부에 숨겼던 그 집은 설계가 잘 끝났지만, 그와 그의 가족의 바람에도 불구하고 피치 못할 개인적인 상황이 벌어지면서 결국 지어지지 못했다. 땅은 얼마 안 가 다른 사람에게 팔렸다. 엊그제 오랜만에 그 근처를 지나갔다. 그 땅엔 그와 내가 알던 집 대신 전혀 다른 집이 지어져 있었다.

누구에게든 집에 대한 노스텔지어가 있다. 그것은 공간과 시간, 사람이 함께하는 특별한 '분위기'에서 출발한다.

표정

나이가 들수록 외모만큼이나 표정이 더 중요해진다. 젊을 땐 누구든 얼굴빛이 좋고 활력이 있어서 표정이 어둡다 해도 큰 문제가 되지 않는다. 오히려 젊음의 고뇌처럼 받아들이기도 하니까. 그런 우울감이 경우에 따라서는 특별한 매력이 되기도 한다.

하지만 중년의 표정은 어쩔 수 없이 살아온 시간에 대한 거울이다. 기분 나쁜 일도 없는데 겉보기에 언제나 굳은 표정으로 주변을 경계하는 중년을 보면 치열한 삶에서 밀려나지 않기 위해 늘 긴장하며 살아온 삶의 굴곡이 보인다. 아마도 쉬운 사람으로 보이지 않기 위해 긴 시간을 그런 표정으로 천천히 변해왔을 것이다.

중년을 넘어 장년이 되고 노년이 되어도 꾸밈없는 안색에 상대방까지 기분 좋게 해주는 천진난만한 표정의 사람들이 있다. 청년의 표정을 지닌 노인은 노인의 표정을 지닌 청년보다 멋지다.

표정은 살아온 이력이 얼굴과 마음에 새긴 결과다. 오랜만에 거울에 비친 얼굴을 찬찬히 관찰해본다. 낯선 그 표정에 마음이 먹먹해진다.

집의 냄새

"좋은 집이란 각자의 잠재의식 속 어떤 감각과 닿아 있는 것 같아요. 가령 특별한 냄새나 공기 같은 거죠. 혹시 집의 냄새에 대해 생각해보신 적 있으세요?"

얼마 전 시작한 단독주택 설계 첫 미팅에서 건축주에게 던진 질문이다. 건축주는 "글쎄요" 하며 천천히 생각을 더듬어보는 눈치다. 알맞은 답변을 쉽게 내놓지는 못한다. 그도 그럴 것이 냄새는 정확히 특정 짓기 어려운 요소다. 설명하기도 어렵고 표현하기도 어렵다.

심한 악취나 화학물질 냄새처럼 또렷하다면 바로 알아차릴 수도 있겠지만 집 안 어딘가에 있는 오래된 종이 냄새, 나무 삭는 냄새, 식구들의 체취 등 곳곳에서 풍기는 오묘한 향은 생활 속에서 쉽게 인지하고 알아차리기 힘들다. 하지만 냄새는 우리 생각보다 훨씬 강렬하게 어떤 특정 공간의 분위기를 규정하고 기억의 기준이 된다.

우리 뇌에는 시간 여행을 할 수 있는 기능이 있다고 한다(물론 과학자들의 주장이긴 하지만). 만약 당신이 과거 어떤 사건과 비슷한 상황에 놓이면 뇌가 그 당시의 기억을 소환하는 것이다. 불편한 기억을 소환하는 건 사실 괴로운 일이 될 수 있으니 이왕이면 행복한 기억을 불러내는 편이 정신 건강에 좋을 듯하다.

사회학자 레이 올든버그는 집과 일터 사이에 존재하는 정신적 공간을 '제3의 공간'이라 칭했다. 제3의 공간은 반복되는 삶으로부터 분리된 일탈적 공간을 말하는데, 이런 공간을 마련해야 사람이 행복하게 살아갈 수 있다는 것이다. 올든버그가 제시한 공간의 특징은 몇 가지로 설명 가능하다.

첫째로 집과 일터 중간 어디쯤 존재하고, 둘째 서열 없이 평등하며 출입이 자유롭고, 셋째로 안락하고 소박한 분위기가 있고, 넷째는 무슨 대화든 편하게 나눌 수 있는 공간이다. 혹시 주변에 이런 공간이 있는지, 없다면 어떤 공간이 이런 역할을 대체하고 있는지 생각해보자.

행복은 마음의 문제라고 한다. 현실의 행복은 거창하지 않고 대개 소소한 기쁨과 작은 깨달음에서 온다. 먼저 주변의 공간을 한번 살펴볼 일이다. 가령 조용한 단골 찻집, 작은 동네 서점 같은.

하루를 마치고 집으로 돌아가는 중에 큰 대로변 골목 안쪽 낡고 오래된 대중탕에 들어가 몸을 풀어주는 상상은 그 자체로 행복이다. 코흘리개 시절, 아버지의 "시원해 들어와"라는 거짓말에 속아 뜨거운 물에 몸을 담그다 화들짝 놀랐던 기억을 더듬으며, 목욕탕의 따뜻한 온기에 취하는 것만으로도 우리는 꽤 그럴듯한 위로를 받을 수 있다.

내 질문에 곰곰이 생각하던 건축주는 이렇게 답했다.

"작은 기도실이 있으면 좋겠어요. 아무도 없는 예배당에 혼자 앉아 있을 때의 느낌을 주는 그런 기도실이요."

특별하거나 화려하지 않아도 여유와 즐거움을 느낄 수 있는
나만의 장소가 필요하다.

어수선한 일상 속에서 조용하게 신과 만날 수 있는 작은 방을 생각해
봤다. 그러고 보니 내게도 삶의 궤도에서 조금 떨어져 시간을 멈추고 기
억 속 뭔가를 끄집어내게 하는 공간이 필요한 것 같았다.

그를 위해 서너 평의 작은 공간을 도면에 그려넣었다. 늦은 밤이나 이
른 새벽, 2층 복도 끝에 연결된 발코니로 나가 작은 다리를 건너면 만날
수 있는 공간이다. 누구에게는 기도실이 되고 누구에게는 소박한 사랑
방이며, 누구에게는 비밀의 서재가 된다. 우리에게는 종종 어린아이의
마음으로 돌아가 나와 만날 공간이 필요하다. 어린 시절을 떠올리는 냄
새가 있는 공간이다.

의도와 결과

건축 자재가 공업화되기 전에는 자재의 평균적 크기가 집의 크기와 공간을 좌우했을 것이다. 작은 나무를 이어 크게 보이게 한다거나 큰 나무를 굳이 작게 잘라 협소한 공간을 만드는 일은 없었을 테니까.

중국의 천단天壇이나 자금성처럼 거대한 목구조 건축물은 중국인들의 유별난 '거대 지향' 때문이 아니라 넓은 땅 덕분에 생각지도 못한 큰 나무를 얻을 수 있었기 때문이고, 그리고 그 큰 나무를 옮기는 엄청난 노동력이 있었기 때문이라고 생각한다.

몇 해 전 교토에 놀러 갔을 때 일본의 전통 집들이 의외로 높은 층고와 웅장한 두께의 부재로 지어진 걸 보고 흥미로웠다. 그런데도 작고 아기자기해 보이는 이유는 일본 특유의 칼같이 떨어지는 재료의 마감과 면 구성의 세밀한 맛 때문이었다. 그들에겐 확실히 실제 크기보다 작게 보이려는 축소의 정서가 있다.

이를테면 약간 휘어진 자연스러운 원목이 있을 경우 일본의 건축은 그대로 쓰지 않고 주변을 깎아내 작아지더라도 부재가 만나는 부분의

한 폭의 동양화 같은 안동 천등산 자락의 봉정사 영산암.

마감이 군더더기 없이 끊어지는 형태로 가공해서 쓴다. 하지만 한국의 건축은 휘어지건 갈라지건, 조금 맞지 않아도 별문제 없이 그 형태 그대로 쓰는 경우가 많다. 깔끔하지 않더라도 가공으로 부재가 작아져서 경간이 작아지고 공간이 작아지며 결국 형태가 작아 보이는 상태는 수용하기 어려웠을 것이다. 그러나 그런 결과로 한국의 고건축은 자연스러움을 강조하는 나름의 미학을 갖게 되었다. 애초부터 어떤 높은 수준의 정신에서 비롯되거나 의도된 양식은 아니었겠지만, 그것이 긴 세월을 지나는 동안 하나의 스타일로 자리잡았다.

이곳 저곳을 탐색하다보면 이렇듯 당시에는 의도하지 않던 공간이나 양식이지만, 현대에 와서 예술적 의미로 칭송받는 결과들이 꽤 있다.

원 점 회 귀

설계를 흔히 기술, 지식, 경험이 집약된 창조적 작업이라 하지만 현실의 건축은 고상한 '예술'이 아니다. 무엇보다 설계에 임하는 건축가는 좋은 귀를 가진 '조정자'여야 한다. 설계 과정은 집에 살아야 할 사람과 집을 그리는 사람의 소통으로 이루어진다. 설계는 그런 의미에서 누군가의 꿈을 공간으로 대변해주는 작업이 된다.

건축가는 건축주가 말하는 다양한 요구 조건을 듣고 우선순위를 매긴다. 그다음 집의 뼈대를 설정하고 공간의 개념을 구상한다. 설계의 완성은 개념 위에 구체적인 살을 붙여나가는 것이다.

좋은 설계가 되려면 시간이 필요하다. 충분한 시간 속에 건축가와 건축주가 얼마나 깊은 대화를 나눴는지가 중요하다. 돈과 서비스가 오가는 단순한 사무적 관계를 넘어 삶의 이모저모를 함께 고민하는 파트너십으로 설계가 이루어질 때 좋은 집에 한걸음 다가설 수 있다. 좋은 집을 위해서는 좋은 건축주가 필요하다.

오늘 아침 J씨 주택의 기본설계 과정이 끝났다. 대안 '1'로 시작해서 대안 '2'로. 그러다 '1-1'과 '2-1'을 찍고 '3'을 거쳐 다시 대안 '1'로 원점 회귀한 여정이었다. 결국 지난 두 달 반의 시간은 왜 1안이어야 하는지를 건축가와 건축주 모두 함께 알아가는 뜻깊은 시간이었던 셈.

본래 단독주택 설계란 이런 것이다. 살면서 한 번도 깊이 생각해보지 않았던 것을 이럴까 저럴까 왔다갔다하며 생각하는 시간이다. 좋은 집을 위한 첫 단계가 끝났다. 이제 다음 단계로 넘어간다.

대화의 파트너

작은 집 하나를 짓다보면 설계 계약서에 도장 찍는 순간부터 공사 준공, 입주까지 건축주와 참 많은 이야기를 나눈다. 그런 의미에서 건축가는 마치 건축주의 대화 상대, 고민 상대라고나 할까.

설계를 잘해야 하는 건 당연한 일이겠지만 심심치 않게 분쟁에 휘말려 마음고생해서 집 짓다 십 년은 더 늙었다는 얘기가 흔하게 들리는 소규모 집짓기 현실에서 건축가의 중요한 역할은, 언제든 건축주의 조력자로서 대화의 파트너가 되어주는 게 아닐까 싶다.

기본적으로는 설계와 감리를 맡은 전문가로서 시공자가 집을 제대로 짓도록 선의의 부담을 주는 존재가 되고, 더러는 집 짓다 발생하는 크고 작은 고민거리를 들어주고 조언을 주는 상담자가 되기도 한다. 혹시 사소한 분쟁이 생기면 건축주, 시공자 중간에서 다시 일이 나아갈 수 있게 하는 중재자의 역할을 하는 것도 물론이다.

일하면서 가장 보람을 느끼는 순간은 "집이 멋집니다" "설계가 좋습니다" 같은 칭찬이 아니라 "소장님을 만나서 다행이에요" "감사합니다"라는

때때로 서로 기대지 않고는 삶이 나아가기 어렵다

말을 들을 때다. 일을 떠나 사람과 사람으로서, 그 존재 자체로서의 고
마움과 신뢰가 오가는 순간이랄까.

크고 작은 고민거리와 결정 장애가 빈번히 발생하는 집짓기에서 그
말의 뜻은 혼자가 아니어서, 믿고 논의할 파트너가 있어서 다행이라는
의미일 것이다. 집 지으면서 '그래도 저 사람이 있어 다행이다'라는 생각
이 든다면 그나마 행복한 집짓기가 아닐까. 집이 완공될 때까지 언제나
속 편한 대화 상대가 되어주는 것. 복잡한 문제일수록 객관적으로 상황
을 설명하고 판단을 조언해주는 것. 건축가의 역할 중 가장 쉽지 않은
일이다.

문

문은 일차적으로 사람이 드나들면서 내외부의 공간을 연결하는 역할을 한다. "문과 창을 통해 방을 만드나 안이 비어 있어 방으로서 유용하다 鑿戶牖以爲室, 當其無, 有室之用"라는 노자의 『도덕경』 11장 한 구절은 문이 안 과 밖의 경계 역할로서 방을 유용한 공간으로 만들어주는 필수 요소임 을 알게 해준다.

문은 하나의 공간과 다른 공간이 만나는 경계부에 위치하여 이 공간 과 저 공간, 이 장소와 저 장소를 연결한다. 문門이라는 한자는 지게문 호戶 자가 양쪽으로 붙은 모습을 묘사한 상형문자다. 불완전한 외짝 형 태의 지게문이 쌍을 갖춰 문이라고 부른 것인데 문은 출입을, 창은 채광 을 목적으로 한다는 점에서 의미상으로는 서로 구별된다. 근본적으로 문이란 누구에게나 열려 있는 소통의 기호다.

영화 「봄 여름 가을 겨울 그리고 봄」의 공간적 배경은 호수 위에 떠 있 는 작은 암자다. 촬영 장소는 주왕산 자락의 '주산지'라는 호수인데 실 제로 존재하는 곳이다. 영화는 그 호수 위에 존재하지 않는 암자를 띄워 인생을 사계절로 나누어 각기 다른 이야기로 풀어낸다.

주인공이 암자로 돌아오는 장면마다 호수 어귀에서 배를 타고 물 위에 세워진 작은 일주문을 지나쳐 암자로 간다. 이때 문은 속세와 분리되는 부처의 영역을 상징한다. 속세의 끝, 부처의 삶의 시작 사이에 존재하는 경계라고 해야 할까. 작은 문 아래를 지나치며 이전의 이야기는 끝나고 이전까지와 다른 새로운 이야기가 시작된다.

우리 삶에서 문은 이처럼 어떤 사건의 시작과 끝이고 생각의 전환점이자 생사의 갈림길이며 행불행의 겹침이다. 주인공은 삶의 변곡점마다 문을 통과해서 현실에서 벗어난다.

담양 소쇄원瀟灑園에 가면 계곡과 지형을 따라 흐르는 오곡문이 있다. 오곡문은 토벽으로 만든 담장 일부를 자연스럽게 터놓음으로써 계곡에서 흐르는 물길을 열고 사람도 드나들게 한다. 집이 놓인 원래 자연환경을 중시하여 문의 기능보다는 집 안과 밖 사이에서 문이 어떤 태도를 보여야 하는지 의미를 곱씹을 수 있는 문이다.

우리에게 문은 무엇일까. 닫지 않아도 될 것까지 모조리 벽처럼 막으며 살고 있는 집이 늘고 있다.

사고 싶은 집, 살고 싶은 집

친구 Y는 오랜 전세 생활에 치겨워하고 있었다. 최근 들어 정부의 강력한 부동산 정책에 여기저기 조금 싼 집들이 나오는데 기회가 아니겠느냐고 내게 물어왔다. 특히 Y가 예전부터 사고 싶어서 눈독 들이던 아파트가 있었는데 그 아파트 값이 몇 달 전에 비해 많이 떨어져서 기분 좋아하고 있었다. 하지만 Y는 또다른 고민을 시작했다. 만약 지금 집을 사는데 얼마 안 가서 자기가 산 값보다 더 떨어지면 손해라는 것이었다.

어디서 주워들었는지 늘 Y는 집은 사는live 곳이지 사는buy 게 아니라고 입버릇처럼 말했다. 그런데 실천이 쉽지 않아 보였다. 어차피 다주택자로 살기 어려운 현실이 되었는데 엉덩이 깔고 길게 살려고 마음먹은 집, 조금 떨어지면 무슨 상관이고 조금 오르면 또 무슨 상관일까.

Y에게 말했다.

"7억만 되면 소원이 없겠다 했던 그 집이 현재 6억에 매물로 나왔는데 뭐가 문제냐."

Y는 머뭇거리더니 이렇게 말했다.

어른이 된 우리는 어떤 게임을 하고 있는 걸까?

"사람 마음이 참 간사해서 내가 집 없을 땐 '폭락이나 해라 떨이로 집 사게' 했는데 막상 집을 사려고 하니까 내가 산 집이 살 때보다 떨어질까 봐 걱정이 된다. 만약 6억에 샀는데 1년 지나서 비실비실 5억이 되면 후회할 것 같아서. 그런 식으로 생각하니까 그 집은 사지 말아야 할 것 같아. 딱히 다른 아파트에 비해 장점도 없고."

8억이 너무 비싸서 7억만 되면 꼭 사서 잘 살아보겠다던 집이 이제 6억이 되었는데, 이젠 5억이 될까봐 걱정하다가, 급기야 오랫동안 갖고 싶어서 오매불망하던 그 집이 따지고 보니 별로라고 한다. 하지만 나는 안다. 6억에 나온 집이 다시 7억을 넘기기 시작하면 반드시 그 집을 사고 싶어질 것이라고 장담할 수 있다.

어떤 사람에게는 사고 싶은 집과 살고 싶은 집이 따로 있다. 느닷없는 욕심과 걱정이 언제나 그를 혼란에 빠뜨려 두 개의 가치가 하나로 모이는 걸 막는다.

집을 드립니다

몇 년 전 「내 집 장만 토너먼트 집드림」이라는 예능 방송이 있었다. 집을 경품으로 걸고 무주택 가족들을 경합시켜 선물한다는 설정이었다. 살 사람이 정해지지 않았는데 이미 집을 지어놓고 상품처럼 준다는 발상이 불편했다. 누가 살게 될 집일지 모르는 상태에서 제작된 집은 왜 아파트를 떠나 단독주택에서 살아야 하는지에 대한 기본적 고민조차 없어 보였다.

경품으로 걸린 집은 스튜디오 안으로 들어와 주인공처럼 무대 중앙에 놓여 있었는데 아주 어릴 적에 보았던 「가족 오락관」이라는 예능 프로그램에서 1등 경품으로 주던 20인치 컬러텔레비전을 보는 기분이었다. 1등을 차지하기 위한 경쟁의 주제는 '가족의 행복'. 집을 갖기 위해 내 가족이 남들보다 더 행복하다는 걸, 아니 행복할 자신이 있다는 걸 보여줘야 했다. 신청한 100여 가족 중 열여섯 가족만이 쇼의 초반부에 선택되었고, 나머지 가족은 바로 지워졌다.

시청자였던 나는 왠지 그들에게 미안한 마음이 들었다. 대체 각각의 가족이 가진 간절함의 우열을 어떻게 가려낼 수 있다는 것인지. 예능 프로그램에서 큰 의미는 바라지 않더라도 일단 집에 살 사람이 먼저 정해지고 집이 만들어지는 순서의 '상식'은 지켜졌으면 좋았을 것이다. 또한 출연한 가족들 모두 자문 건축가의 도움을 받아 도면과 모형으로 진지하게 원하는 집을 만들어보고 이야기하는 시간이 있었다면 의미도 있고 취지에도 맞지 않았을까.

예능 프로그램과 '집'이라는 주제는 애초부터 어울리지 않는지도 모른다. 집이란 「가족 오락관」의 경품처럼 다뤄질 수 없는, 개개인의 역사이며 보이지 않는 정서이고, 삶 그 자체이기 때문이다.

집의 온기

"집의 천장이 높고 1,2층이 뚫려 있어요"라고 알려주면 많은 이들은 "춥
겠네요"라는 의견을 내놓는다. 다시 "천장이 높고 1,2층 뚫렸다고 다 그
렇진 않아요"라고 답하면, 이번엔 "공간은 시원해서 좋은데 춥지 않으려
면 가스비나 전기료가 많이 나오겠네요"라는 반응이다.

집이 춥다면 공간의 높이가 아니라 단열과 창호의 문제다. 벽체 두께
가 얇고 단열이 치밀하지 않고 창호의 열효율 수준이 높지 않다면 천장
이 낮고 1,2층이 막혀 있고 창이 작아도 집은 춥다. 반대로 벽체가 두껍
고 단열이 치밀하고 창호의 에너지 효율이 높게 설계 시공된 경우라면
천장이 높든 1,2층이 뚫려 있든 큰 영향이 없다. 자연채광을 효율적으
로 받아들이면서 열 손실이 없도록 설계한 집은 낮 동안 따뜻한 열기가
실내에 축열蓄熱로 머물러 집 밖으로 열이 새지 않는다. 그래서 가스비나
전기료는 오히려 평균보다 저렴해진다.

우리 집의 경우, 1층 거실 바닥부터 2층 바닥의 뚫린 공간을 지나
가장 높은 부분의 천장 높이까지는 대략 8미터에 육박한다. 사람마다

집에 대한 생각이 다르고 에너지에 대한 생각도 다르겠지만 단독주택이란 아파트와는 다른 그 가족만의 작은 우주라고 생각한다. 당연히 공간적으로 그 가족이 원하는 집이 되어야 한다.

1층 거실 소파에 누워 8미터 높이의 지붕 천창을 통해 하늘을 보면 가슴이 트인다. 아이들도, 부모님도 가끔 그 자리에 누워 집의 공간적 깊이와 높이를 즐긴다. 계곡 같은 공간 사이로 햇볕과 그림자가 들락거리며 적당한 온기와 공기의 흐름이 늘 유지된다.

아파트의 천장 높이는 2.35미터다. 전국의 모든 아파트는 거의 같은 높이로 지어진다. 깊이와 높이 개념이 없는 납작하고 평행한 공간에서 수십 년을 살다 단독주택을 지으면, 1.5미터에서 8.5미터까지의 천장 높이를 통해 다양한 공간의 깊이와 분위기를 경험할 수 있는 것이 큰 묘미다. 설계에 따라 아파트에서는 체험하기 힘든 깊은 공간을 만들 수도 있다. 그런 공간은 실내의 기후를 스스로 조절한다. 공간의 대류를 일으켜 겨울에 따뜻하고 여름에 서늘한 집이 된다.

침실의 풍수

잠 잘 때 머리는 창과 문 방향을 피한다. 외기와 바로 만나는 방향으로 머리를 두는 것은 좋지 않다. 방에 딸린 화장실 문도 마찬가지다. 화장실은 대표적인 음기의 공간이다. 문과 창, 화장실 쪽으로 머리를 대고 잠을 자보면 아침에 기분이 개운치 않다.

문과 창문은 외부의 더러운 공기가 수시로 드나드는 곳이다. 잠을 자는 내내 그런 공기와 접하게 된다. 이런 식으로 인생의 3분의 1을 보낸다면 과연 몸에 좋을지 안 좋을지 생각해볼 필요도 없다.

잠자리는 외벽에 바짝 붙이지 말자. 벽이 외기에 면한 경우 겨울에 춥다. 다른 이유를 제쳐두고라도 그런 벽은 차가운 덩어리다. 피해야 한다. 벽에서 조금 떨어져 생활하는 편이 좋다. 가구나 선반 같은 것을 두어 자연스럽게 떨어지는 것도 방법이다. 벽은 공기 중에 떠다니는 각종 이물질이 달라붙어 있다. 이것들과 살을 맞대고 있다면 좋을 리 없다. 침대의 측면을 벽에 붙일 경우 침구, 이불 등에 먼지가 쌓이기 위한 최적의 조건이 된다.

거울은 기운을 반사하는 물건이다. 특히 현관 입구와 마주 보이는 거울, 잠자리에 누웠을 때 마주 보이는 거울은 좋지 않다. 마주 달아보면 무슨 느낌인지 바로 알 수 있다. 거울 위치가 잘못된 집은 늘 불길한 기분에 휩싸이게 된다. 드레스 룸과 화장실에 걸린 거울 외에 복도나 방에 놓인 용도가 애매한 큰 거울은 기분 좋은 물건이 아니다.

마음이 편치 않으면 치워야 한다. 미신이라 하면서도 막상 한번쯤 다들 생각해보는 것이 침실의 풍수다. 생각해보면 너무 당연한 상식의 문제가 아닐까 싶다.

살아봐야 알게 되는 것

별일 없으면 잠자리에 들기 전 한두 시간은 다락에서 보낸다. 다락 창을 열면 멀리 아파트 단지 불빛이 보이고 밤하늘도 보인다. 집 주변을 흐르는 동네 배수로는 제법 풀도 있고 작은 물고기도 노는 실개천 같아서 밤에 듣는 물소리는 계곡에 와 있는 듯한 느낌을 준다. 집 지으며 다락을 상상할 때 이런 분위기는 전혀 예상 못했는데, 역시 집은 다 짓고 들어와서 살아봐야 알게 되는 것들이 꽤 많다.

건축의 의외성이랄까. 계획하고 따지고 계산해도 짓고 살아보기 전에는 알 수 없는 분위기가 있다. 오히려 덜 계획하고 덜 계산해야 집 스스로, 자연스러운 분위기가 만들어지기도 한다. 좋은 분위기는 머무는 사람의 마음을 투영한다. 좋은 눈으로 바라보면 안 보이던 것도 보이고 밉던 것도 예뻐 보인다.

살아봐야 알게 되는 예상하지 못한 경험과 의외성,

그것이 건축의 묘미다.

고치며 배우는 것

집을 짓고 바깥 대문 위 금속 천장을 두 번 뜯었다. 그리고 엊그제 세번째 시공을 했다. 업체를 바꾸고 도면을 다시 그리고 설명을 자세히 해봐도 원하는 대로 딱 떨어지지 않는다. 미묘한 오차와 거친 마감을 보며 알게 모르게 쌓이는 품질에 대한 스트레스. 역시 결론은 돈의 문제일 수 있다.

작업하는 사람의 도면 이해력과 작업 스타일, 그들의 품질과 내가 기대하는 품질의 차이가 근본 원인이다. 물론 그 차이를 아우르는 것은 투입되는 예산에 달린 문제일 것이고. 결국 철공소에서 할 수 있는 일과 금속 장인에게 맡겨야 할 일은 분명한 차이가 있다. 집짓기를 공예 수준으로 해야 한다는 게 아니라, 선택과 집중을 통해 필요한 부분은 공예 수준의 섬세함이 필요하다는 얘기다.

비싼 것은 비싼 값을 하고 싼 것은 비지떡이라 하지만 중저가 공사에서도 괜찮은 품질을 만들 방법이 잘 찾아보면 있지 않을까. 돈을 쓸 만큼 써서 품질을 만드는 것도 좋지만 그런 틈새를 찾아보고 시도해보는 것이 의미 있다고 생각한다.

남의 집을 설계하면서 실험할 수는 없으니 일차적 실험의 대상은 내 집이라는 마음으로 집을 지었고 살다가 마음에 안 드는 부분은 조금씩 바꿔나가려 생각하고 있다. 자잘한 하자를 생각한 대로 고치고 손보는 과정을 통해 저절로 얻는 통찰과 반성. 살다보면 잘못을 고치면서 배우는 것이 참 많다.

모험과 지옥 사이

집을 짓는 건 큰 집이든 작은 집이든 개인에게는 모험이다. 자기 집 지어 본 게 무슨 큰 벼슬이거나 인생의 대단한 깨달음을 얻는 건 아니겠지만, 일단 지어보면 겪어봐야 알 수 있는 여러 가지를 배우게 된다. 사람들, 마음, 자기 자신, 욕심, 배려, 믿음, 돈, 현실, 꿈…… 그리고 다양한 질문 과 고민을 헤쳐나가며 배우는 인생의 소소한 지혜들.

십 년 가까이 작은 건축설계사무소를 운영하며 이런저런 집 지으려 는 분들의 다양한 사연을 듣고 설계를 하고, 집이 완성되는 과정을 함께 하면서도 마음 한편에 채워지지 않았던 답답함과 그들의 알 수 없는 마 음을 내 집을 지으며 자연스레 조금 알게 되었다.

좋든 싫든 직접 겪으며 알게 된 것들은 귀동냥으로 그렇겠구나 했던 느낌과는 사뭇 다른 것이어서, 누군가 집을 짓고 싶다는 이야기를 듣다 보면 땅을 찾아다니며 내 집을 짓겠다고 돈과 현실 사이에서 고민하던 그 시절이 떠오른다.

어찌되었든 상담 온 이들에게는 전문가로서의 주관적 생각은 배제하고 최대한 객관적 의견을 주는 게 맞는 건지 모르겠지만, 이젠 상담이든 얘기든 하다보면 먼저 겪어본 사람 입장에서 내가 시행착오 했던 것들을 그들은 피해가면 좋겠다는 마음이 들면서 자꾸만 주관적인 이야기를 늘어놓게 된다. 이런 가이드가 그들에게 도움이 될지는 잘 모르겠다. 없는 돈에 간신히 모든 걸 짜내어 본인 집 한 번 지어본 건축가가 제시하는 의견이 유일한 정답일 리 없을 테니까.

하지만 한 가지 소신이랄까, 일단 집짓기에 대한 고민을 나눈 분들은 그들이 누구와 인연이 되어 집을 짓더라도 잘 되었으면 좋겠다는 마음이다. 부족한 점 많은 내 집이지만 직접 지어보니 자기 집 지으려는 분들을 보면 연민인지 연대감인지 모를 마음이 생기는 것이다.

어느 누구와 하더라도 이런저런 거 조심하라고, 어떤 경우엔 욕심을 내려놓는 게 좋다고, 일단 선택하면 어렵겠지만 크게 믿어주는 마음이 중요하다고……. 첫 만남에서는 늘 실질적인 이야기보다 좋은 집짓기를 위한 집주인의 마음가짐에 대해 조심스레 조언한다. 직접 진하게 겪어본 일이고, 짓다보면 마음가짐이 제일 중요하니까.

주인이 어떻게 마음 먹느냐에 따라 집짓기는 달라진다. 재미있는 모험이 되기도 하고 지옥이 되기도 한다.

방의 크기

설계 초반 단계에서 늘 반복되는 중요한 이슈 하나가 방의 크기다. 아파트에 오래 살아온 분들 입장에서는 방 크기가 곧 집의 크기이고 공간의 크기가 된다. 하지만 획일화된 천장 높이와 방 3개, 주방, 거실, 화장실의 전형적인 틀 안에서 오래 살아오며 고착화된 공간감과 크기에 대한 기준은 다양한 천장 높이와 비정형적 구조를 갖는 단독주택에선 큰 의미가 없다.

마침 사무실에서 가까운 현장이 마무리 작업에 한창 바쁜 와중이라 실제 공간의 크기를 궁금해하는 건축주가 직접 체험해볼 수 있도록 했다. 별 설명 없이 방이 아닌 집 전체 공간의 분위기를 그냥 자연스럽게 느껴보시라고 조언했다. 계단을 통해 위 아래층을 두어 번 오르내리고 나니 방 하나의 크기가 별로 중요하지 않다는 말이 무슨 의미인지 이제야 감이 잡히는 눈치다.

언제나 중요한 것은 면적이 아니라 공간이다. 방 하나의 크기, 숫자로 표기된 아파트 모델하우스 관점의 면적 개념에서 벗어나 무엇을 하고

싶고 어떤 분위기를 원하는지에 대한 답변으로 만들어진 나만의 공간
을 갖추는 것. 그것이 단독주택의 본질이다.

입춘 나들이

집을 짓고자 하는 가족 네 팀과 함께 판교의 주택 현장을 둘러봤다. 단독주택 시공 난이도와 소요 비용은 모두 다르지만 그나마 객관적으로 시공자를 선택할 수 있는 기준이 있다면, 지은 현장을 보여주고 건축주들이 직접 감을 잡게 하는 편이 좋다.

대개 건축주들은 건축가를 찾고 선택할 때와 달리 시공자에 대해서는 다소 막막한 느낌을 갖고 있다. 건축가는 그나마 인터넷, 방송, 잡지 등 다양한 매체를 통해 탐색과 선별이 가능하지만 시공자에 대한 믿을 만한 정보는 건축가에 비해 부족하기 때문이다.

착공이 다가올수록 주도적으로 시공자를 알아보기보단 건축가에 의지해 어려운 선택을 피하려 하는 경우가 많다. 그편이 아무래도 더 안전하다고 느끼는 것이다. 더구나 시공 과정은 설계 과정과는 비교할 수 없는 큰돈이 들어가므로 불안감과 결정 장애는 커져만 간다.

건축가 입장에서 시공자를 소개하는 일은 늘 부담이 크다. 처음부터 끝까지 얼굴 붉히는 일 없이, 사소한 잡음 없이 건축주의 계획대로 순탄

하게 집이 지어져야 그나마 본전이기 때문이다.

한 달 간격으로 순차적으로 착공 예정인 같은 동네의 건축주 넷은 진지하고 조심스러운 표정으로 시공자가 막 끝낸 집을 둘러봤다. 조심스럽게 구석구석 살피며 이야기를 나누는 그들의 눈빛에는 옅은 불안감과 들뜬 희망이 교차했다. 면접 보는 기분으로 그들을 안내하며 지켜보는 시공자의 마음 또한 마찬가지였을 것이다.

며칠 후면 입춘이다. 봄이 오고 있다.

대화의 희열

원로 건축가 A선생님께서 종종 하신 말씀.

"건축가는 많이 들어야 하는 직업이다. 의뢰인이 건축가를 찾아온 이유는 자기 이야기를 들어달라는 의미다. 일단 무슨 사연이 있는지 잘 듣고 터무니없는 말과 아닌 말을 가린 다음 거기서부터 설계를 시작해야 한다."

귀를 열고 타인의 말을 제대로 듣는 일은 생각보다 쉽지 않다. 결국 의뢰를 받아 설계할 집은 건축가의 집이 아니므로 건축가의 생각 이전에 그곳에 사는 사람의 생각이 더 중요하다. 의뢰인의 이야기를 듣다보면 간혹 앞뒤가 안 맞는 말이 있기도 하고 꿈과 현실의 조건이 상반되는 경우도 있지만 누구든 오래 묵혔던 생각을 말할 땐 다 그러기 마련이다. 제대로 들어보려고 귀를 크게 열고 듣다보면 모순 속에서 진심도 보이고 욕심도 보인다. 그 과정 속에서 사람마다 참 다양한 인생이 있다는 걸 알게 된다. 생각도, 꿈도 다르고 중요하게 여기는 것도 전부 다르다. 이미 오래전 선생님께 배운 태도이고 설계를 하면서 머릿속으로는 이해한다고

나의 의뢰인,
가족의 생각을
끊임없이 묻게 된다.

하지만 막상 실전에서는 제대로 잘, 오래 들어주는 일이 쉽지 않다.

자랑할 만한 집도 아니고, 부끄러운 구석이 많은 집이지만 어쩌다 땅 사는 것부터 시작해서 집을 설계하고 지어서 살다보니 자신만의 집을 지으려는 분들의 심정이 뭔지 조금은 알게 되었다. 며칠 전 이메일로 문의를 하신 분은 집짓기에서 설계가 무슨 역할인지를 궁금해했다. 통상적인 답변은 기본 설계, 인허가, 실시설계, 감리 등으로 이어지는 공시된 업무에 대한 개요를 설명해야겠지만 조금 길게 사족을 달아 답변을 드렸다.

"설계는 건축주와 건축가가 만나서 대화하는 일입니다. 대화의 공용어는 도면과 모형이고요. 집에 살아야 할 사람의 마음과 건축가의 생각이 서로 공감할 시간이 필요하기 때문이지요. 많은 대화를 나누는 일이 좋은 집을 위한 유일한 방법은 아니지만 집 짓는 과정에서 건축주와 건축가가 같은 목표를 갖는 협력자로서 나누는 대화는 중요합니다."

역 지 사 지

집짓기든 무슨 일이든 가장 중요한 점은 일을 하는 사람이나 일을 맡긴 사람이나 서로 믿는 것. 어떤 일을 함께 도모할 때, 서로에게 뭔가 의심하는 느낌을 주는 건 모두의 손해다. 이유가 무엇이든 그런 느낌은, 잘해보려는 순수한 의욕을 사그라지게 한다. 애쓰며 해봤자 까딱 하나 어긋나면 욕먹겠구나. 싫을 때 열심히 하려는 바보는 세상에 없다. 욕 안먹을 정도만 기계적으로 하게 된다.

현장에서 발생하는 크고 작은 갈등은 대부분 작은 의심과 오해로부터 시작한다. 돈벌이에만 관심 있는 업자가 아니라면, 섣부른 걱정이나 때아닌 의심하지 않아도 보이지 않는 부분까지 잘해서 이왕이면 잘 만들어보려는 사람들일 것이다.

집을 짓다보면, 집주인은 누구든 팔랑 귀가 된다. 가족의 잔소리, 남의 훈수, 내 안의 또다른 나. 혹시 돈 받고 일을 제대로 안 하는 게 아닐까. 덜 주고 일 더 하게 만들 방법은 없을까. 내가 제대로 체크하고 있는 걸까. 내가 지적하지 않으면 제멋대로 굴러가는 건 아닐까⋯⋯.

혼자만의 작은 걱정들은 점점 부풀어오르고 그러다보면 불편한 표정이 남에게도 보이기 마련이고, 뭔가 하나 어긋날 경우 분노로 튀어나오기도 한다. 하지만 작은 집 하나를 지으려 해도 다양한 조력자들의 도움이 필요하고 여러 마음이 합쳐져야 한다.

눈에 보이는 것에 너무 일희일비하지 않기. 뭔가 지적하기 전에 판단의 오류는 없는지 일의 전후 상황을 살펴보기. 혹시 오해하고 있는 건 아닌지. 잠깐 멈춰서 숨을 고르는 것. 그래서 서로의 마음을 가급적이면 다치지 않도록 헤아리기.

사람은 누구나 그렇다. 늘 나만 참고 이해한다고 생각하지만, 다른 사람도 그 이상으로 참고 이해하며 잘하기 위해 애쓰고 있다는 것을, 내가 못 보는 것을 알아서 챙겨주고 양보하고 있다는 것을 자주 잊는다.

서로의 입장을 조금씩만 헤아려주면, 대부분 서로 미안하다고 할 일일 것이다. 좀더 잘해주지 못해 미안한 마음이 있을수록 현장은 더 잘 굴러간다. 미안함은 고마움의 다른 말이니까.

계속한다

살면서 한두 번쯤, 뭔가를 잘해보려고 무던히 애를 썼던 경험, 하지만 애쓴 만큼 상황이 나아지지 않았던 경험이 있을 것이다. 그럴 때마다 공허함을 지우기 위해 스스로 격려를 하며 시간을 견뎠다. 어떻게 보면 그런 과정을 하나의 의식처럼 반복하면서 지금까지 온 것이다.

의식을 치르고 또다른 뭔가를 다른 방식으로 잘해보려고 처음부터 다시 시작한다. 그런 과정의 반복들이 찜찜한 찌꺼기로 남아 있으면 앞으로 쉽게 나갈 수 없을 때도 있다. 문득 이런 생각이 든다. 어쩌면 곧 되려고 하는 바로 그 순간에 그만둬버린 건 아닐까. 묵묵히 하나하나 쌓여가는 일들이 언젠가 힘을 발휘하게 된다는 진실을 알고 있는데, 미처 힘을 발휘하기 전에 찌꺼기만 잔뜩 쌓아놓고 다른 방법, 다른 노력으로 옮겨간 것은 아닐까.

수영을 배우던 어린 시절, 발과 손이 따로 놀면서 몇 달을 넘게 연습을 해도 좀처럼 수영은 제대로 하고 있나는 느낌이 들지 않아 힘들었다. 아마 그때도 그랬을 것이다. '할 만큼 했다'라는 마음.

나하고 수영은 잘 안 맞는 거라고, 그렇게 스스로 다독이며 포기의 절차를 시작하려는 즈음이었다. 물속에서 평소처럼 손발이 따로 놀며 자포자기 상태로 수영장 물을 휘젓고 있다가 갑자기 몸이 쑥 앞으로 나가며 손과 발의 박자가 맞아떨어지는 느낌이 온몸으로 전해졌다. 어린 시절 경험했던, 단순하지만 가장 강렬한 깨달음이었다. 머리가 아닌 몸이 먼저 반응하면서 힘이 아닌 타이밍, 손과 발의 절묘한 메커니즘이 작동하기 시작했다. 저절로 속도가 올라가면서 몸이 요트처럼 물살을 가르던 그날, 드디어 수영을 잘하는 사람이 된 것이다.

길을 잃고 헤매는 기분이 들 때가 실제로는 길을 찾기 직전일 수도 있다. 하지만 포기하고 싶어지는 그 순간 결정적 퍼즐 하나가 딱 맞아떨어지면서 헤매던 원인들이 저절로 자리를 찾아간다. 조금만 더하면 그 순간이 올 것이다. 기대하며 조금 더 힘을 내는 것. 그래서 그런 작은 성공을 징검다리가 삼아 다음 단계를 바라보는 것. 좋은 삶을 사는 유일한 방법은 '계속한다', 그것뿐이다.

보이후드

엄마, 아빠, 아홉 살 여자아이, 여섯 살 남자아이가 살게 될 주택을 설계하고 있다. 아파트에서 태어나 지금까지 살아온 아이들을 위해 부부는 진짜 집을 짓고 싶다고 했다. 그래서 물었다. 진짜 집이 뭐냐고. 아이들이 나중에 어른이 되어서도 자주 기억이 날 그런 집, 진짜 집은 그렇게 누군가의 인생과 함께 살아가고 늙어가는 친구 같은 것이라고 부부가 말했다.

「보이후드」는 여섯 살짜리 꼬마가 스무 살 청년이 되어가는 과정을 담담하게 그려낸 심심한 영화다. 무려 십이 년간 찍은 영화인데 변변한 사건도, 특별한 장면도 없다. 영화는 소년이 살아가는 일상을 꾸밈없이 쌓아간다. 인과관계 없는 시간의 조각들이 쌓여 이루는 소년의 청년기, 소년의 일상이 그의 역사가 된다. 감독은 제도판 위에 작은 집을 설계하듯 우리가 삶이라 부르는 평범한 시간들을 화면의 트랙 위에 차곡차곡 이어나간다

보잘것없던 작은 사건들을 시간이 흐르는 대로 나열한 리처드 링클레

이터 감독은 우리의 삶이 특별한 사건의 기억이 아니라, 없어도 그만 있어도 그만인 평범한 기억들이 쌓여 구축된다고 이야기한다. 영화의 중반부, 엄마는 이사를 앞둔 소년에게 문틀에 그어놓은 선과 이름, 날짜를 지우라고 하는 장면이 나온다. 문틀의 낙서는 그들이 집에 머물던 긴 시간을 웅변하는 일상의 증표였다. 그 장면에서 나는 오래전 생애 첫 아파트로 이사 가던 그날, 휘경동 개량 한옥집 작은 마당에 서서 한참 울먹이던 여섯 살짜리 꼬마가 떠올랐다. 그때 꼬마는 나름 정들었던 공간과 일종의 이별 의식을 치르는 중이었다. 꼬마에게 막 떠나려는 그 집은 오래 기르던 고양이처럼 느껴졌다. 영화에서 소년이 서운한 얼굴로 페인트를 칠해 집의 기억을 지우듯, 그날 꼬마도 비어가는 그 집을 한참 바라보았다. 지금 어른이 된 꼬마는 여전히 짐이 하나씩 빠져나가며 점점 낯선 공간으로 변해가던 그 집을 꿈을 꾸듯 기억하고 있다.

시멘트로 미장한 작은 마당과 빛을 받으면 반짝거리던 장독대, 담을 타고 들어오던 골목길의 정겨운 소음들, 유난히 반질거리던 마루와 겨울이면 집 안을 훈훈하게 데워주던 누르스름한 놋쇠 난로의 기억들이 아련하다.

평범한 과거의 장면들을 통해 유년의 시간을 하나씩 되살려본다. 집은 사라진 지 오래다. 몇 해 전 근처를 지날 때 집을 찾아봤지만 비좁은 골목과 다닥다닥 붙어 있던 어린 시절의 풍경은 보이지 않았다. 같은 자리로 추정되는 곳에는 얼룩덜룩한 화강석 표면의 연립주택과 싸구려 타일로 마감한 상가 건물이 서 있었다.

'진짜' 집은 깨알 같은 일상의 시간을 담을 수 있는 그릇 같은 것이다. 지금 그려가고 있는 집이 젊은 부부와 아이들의 미래에 어떤 의미가

그때의 시간들은
어떻게 지금의 집으로 이어졌을까.

될지 알 길이 없다. 평범한 인생을 특별하게 담아내는 진정한 '보이후드'의 공간이 되면 좋겠다.

아이가 청년이 된 이후에도 살아온 시간을 되짚어보는 집을 상상해본다.

"그때의 그 아이는 어떻게 내가 되었나."

영화평론가 이동진의 「보이후드」 평이다. 이렇게 바꿔보면 어떨까.

"그때의 시간들은 어떻게 지금의 집으로 이어졌을까."

시간은 공간을 통해 의미 있는 삶의 장면이 된다. 그 장면을 담는 그릇이, 집이다.

약 일 년 동안 집짓기 과정을 기록
했다. '어떤 집에서 살고 싶은가'라
는 질문에서 시작한 집짓기는 '어떤
삶을 꿈꾸는가'라는 질문으로 이어
졌고, 아무것도 없는 풍경은 나와
가족의 이야기가 켜켜이 쌓이는 소
중한 공간이 되었다.

③ 콘크리트 골조
공사가 진행 중인 다락 풍경
입니다. 집의 형태를 만들어
주는 형틀을 수많은 샛기둥
이 받치고 있습니다. 동바리
라 불리는 샛기둥은 콘크리
트가 완전히 굳을 때까지 제
거하지 않습니다.

땅을 살까 말까 고민하던 시절
땅 주변의 풍경입니다.
2016년 11월 26일

1층 골조공사 중,
1층 벽을 만들어주는 거푸집이 보입니다.
2017년 5월 12일

2017년 4월 11일
집 공사를 시작했습니다.
목구조로 공사 중인 이웃집도 보입니다.

2017년 6월 3일
다락방 바닥 콘크리트 타설 중입니다.
집의 형태가 잡혀갑니다.

① 기초 바닥 배근
철근을 배열하면서 기초 바
닥에 묻어야 할 오수배관, 통
신, 전기 맨홀 위치까지 잡아
야 하는 공정입니다. 콘크리
트가 부어지고 굳어버리면
옮길 수가 없기 때문이죠.

② 기초 바닥 타설
레미콘 차량에서 시멘트, 모
래, 물, 자갈 등이 혼합된 콘
크리트가 바닥에 부어집니
다. 집을 받쳐줄 바닥을 만드
는 공정입니다.

④ 창호 샘플
창호 공사 전 창호 샘플을 보며 어떤 창호를 사용할지 결정합니다. 창호는 집에서 열과 바람, 공기가 드나들게 합니다.

⑤ 내부 공사 온돌
콘크리트 골조 공사가 끝나면 내부 공사가 시작됩니다. 온돌 바닥을 만들기 위해 엑셀파이프를 실내 바닥에 촘촘히 배열합니다.

⑧ 차고 에폭시코팅
지하 차고 바닥은 에폭시 코팅으로 마무리합니다. 공사가 거의 끝나갑니다.

지붕 골조 공사 중입니다.
마지막 콘크리트 타설을 기다리고 있습니다.
2017년 6월 21일

집 주변을 감싸고 있던 비계를 해체하고
집 모습이 드러났습니다. 준공이 다가옵니다.
2017년 10월 26일

2017년 10월 3일
단열재 공사와 외벽 마감재 공사,
내부 공사가 동시에 진행 중입니다.

2018년 5월 20일
집을 다 짓고 입주한 지 넉 달이 지났습니다.
동네의 풍경이 그럴 듯합니다.

⑥ 다락 천창
붉게 물든 석양을 보기 위해 다락 서측 지붕에 큰 창을 만들려고 합니다. 지붕 천창은 누수에 대비해야 합니다. 아름다운 석양을 보기 위해 많은 고민이 필요합니다.

⑦ 내부 목공
내부 목공 작업을 마치고 바닥에는 마루를 깔고, 벽에는 벽지를 바를 차례입니다.

집의 귓속말

처음 내 집을 지으며 생각한 것들

ⓒ최준석, 2020

초판 인쇄 2020년 6월 2일
초판 발행 2020년 6월 11일

지은이 최준석
펴낸이 정민영
책임편집 김소영
편집 임윤정
디자인 이현정
마케팅 정민호 박보람 우상욱 안남영
제작처 더블비

펴낸곳 (주)아트북스
출판등록 2001년 5월 18일 제406-2003-057호
주소 10881 경기도 파주시 회동길 210
전화번호 031-955-7977(편집부) 031-955-8895(마케팅)
전자우편 artbooks21@naver.com
팩스 031-955-8855

ISBN 978-89-6196-372-5 03810

•이 도서의 국립중앙도서관 출판예정도서목록(CIP)은 서지정보유통지원시스템
홈페이지(http://seoji.nl.go.kr)와 국가자료종합목록 구축시스템(http://kolis-net.nl.go.kr)에서
이용하실 수 있습니다. (CIP제어번호 : CIP2020021336)